寻找英雄的足迹

慷慨悲歌
五壮士

刘荣书◎著

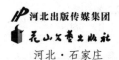

河北出版传媒集团

花山文艺出版社

河北·石家庄

图书在版编目（CIP）数据

慷慨悲歌五壮士 / 刘荣书著. 一石家庄：花山文
艺出版社，2021.6（2022.07 重印）
（寻找英雄的足迹 / 王凤，李延青主编）
ISBN 978-7-5511-5668-4

Ⅰ.①慷… Ⅱ.①刘… Ⅲ.①传记文学－中国－当代
Ⅳ.①I25

中国版本图书馆CIP数据核字(2021)第065933号

丛 书 名：寻找英雄的足迹
主 　 编：王 凤 李延青
书 　 名：**慷慨悲歌五壮士**
　　　　　Kangkaibeige Wu Zhuangshi

著 　 者：刘荣书

策 　 划：郝建国
统 　 筹：王福仓 王玉晓
责任编辑：冯 锦
责任校对：李 鸥
美术编辑：胡彤亮 陈 淼
出版发行：花山文艺出版社（邮政编码：050061）
　　　　　（河北省石家庄市友谊北大街330号）

销售热线：0311-88643221
传 　 真：0311-88643234
印 　 刷：三河市东兴印刷有限公司
经 　 销：新华书店
开 　 本：880×1230　1/32
印 　 张：4.875
字 　 数：90千字
版 　 次：2021年6月第1版
　　　　　2022年7月第2次印刷
书 　 号：ISBN 978-7-5511-5668-4
定 　 价：16.00元

狼牙山五壮士

1941年8月，侵华日军对晋察冀边区根据地进行毁灭性"大扫荡"。八路军晋察冀军区第一军分区一团七连战士马宝玉、葛振林、宋学义、胡德林、胡福才为掩护万余名百姓及全连撤离，主动将敌人引致莲花峰并数次打退日伪军的进攻。但终因敌众我寡，被逼至绝境。他们毁掉枪支，纵身跳下悬崖，展现了大无畏的牺牲精神。

写在前面

◎郝建国

习近平总书记一直高度重视刘英雄的宣传和学习，指出：“全党全社会要崇尚英雄、学习英雄、关爱英雄，大力弘扬英雄精神，汇聚实现中华民族伟大复兴的磅礴力量。”（2020年10月21日习近平给四川省革命伤残军人休养院全体同志的回信）

我们组织推出此套丛书，即是贯彻落实习近平总书记重要指示精神的一个实际行动，是“不忘初心、牢记使命”的一次具体实践。

曾几何时，英雄这一神圣的群体，被明星的光环遮蔽，在不少年轻人的心中，当年妇孺皆知的共和国英雄，似乎离他们越来越远。追星族挖空心思了解明星们的各种癖好，而对开国英雄们的事迹竟然一无所知。相比于二十世纪五六十年代人们对英雄的崇拜和对英雄事迹的传颂，当下对英雄，尤其是为中华人民共和国成立立下不朽功勋的英烈们的颂扬，显得有些薄弱。

一个淡忘英雄的国家，难以面向未来。

让英雄重归视野、永驻心田，是我们组织创作出版这套"寻找英雄的足迹"丛书的初衷，也是所有参与此项工作的领导和工作人员的心愿。

丛书由河北省作家协会组织创作，由花山文艺出版社编辑出版发行。八位写作者，都是河北省文学界颇有实力的中坚力量，活跃于文学创作领域。他们用生动的笔触，表达对英雄的敬仰和缅怀，在采访和搜集资料的过程中，付出了不少辛劳，在此表示由衷的感谢。

丛书的传主李大钊、董振堂、赵博生、佟麟阁、狼牙山五壮士、马本斋、董存瑞、戎冠秀，都是入选"100位为新中国成立作出突出贡献的英雄模范人物"的河北籍英烈，其事迹具有全国影响力和彪炳史册的震撼力。他们属于河北，更属于中国。由于以前曾经出版过很多记述他们英雄故事的书籍，为了能够吸引当下青少年阅读，我们另辟蹊径，寄望在"寻找"的过程中，发现新事迹，挖掘新材料，带给读者全新的阅读体验。

丛书以青少年为主要读者，因此，写作中力求可读性强，避免史料的堆积和过于浓重的学术表述，让阅读者在潜移默化的感染中，学习英烈们的精神，汲取向上的力量，珍惜来之不易的幸福生活，热爱先烈们抛头颅洒热血建立的新中国，为实现中华民族伟大复兴的中国梦奋发工作。

为了打造出一套高质量的精品图书，作者们数易其稿，编辑们反复审读，河北省作协多次召开协调会，从写作动机、行文风格、读者对象、宣传方案到编辑体例、数字用法都进行了深入研讨，并将丛书列为向中国共产党成立一百周年的献礼图书。其间，得到中共河北省委宣传部领导的大力支持和指导，丛书被列为河北省优秀出版物选题并给予资金支持。

从资料的搜集、整理到对相关人物的采访，特别是写作的创新，其间都面临着巨大的挑战。时代在前进，人们的阅读习惯发生了巨大的变化，我们的尝试能否达到令读者满意的效果，现在还是未知数。不管怎样，我们用一颗虔诚的心，回望英烈们的感人事迹，探寻他们的初心，为当代人树立起一面面闪光的旗帜，这个朴素的想法，其实在丛书付梓之时即已实现。

限于资料的收集范围，加之时间紧迫，书中的疏漏之处在所难免，恳请读者批评指正。

让我们一起讴歌英雄，缅怀英雄，学习英雄，踏着英雄的足迹不断前行！

目　录
CONTENTS

引　子

这个暑假，对我们父子俩来说有点儿特殊。

先说我吧。我要抓紧时间完成一部书稿的修改。因为我经过密集采访和搜集资料后写完的初稿，并不能让出版社满意。这部书稿将被收进一套面向青少年读者的读物中。出版社对这套书的定义是：通过"寻访"的形式，让年轻一代，对英雄以及更为久远的战争年代，有一个全新的认知。引用明代诗人杨基的《感怀十四首》中这句"英雄各有见，何必问出处"，似乎更能说明问题。"英雄都是各有见地的，何必问其见地出自哪里"的原意，已成为当下"英雄人物，何必过问他的出身和来历"的一种普遍误解。物质丰盛的年代，英雄已然匮乏。对更年轻的一代人来说，"英雄"的概念是什么，似乎已经变得有些模糊。就像我们忘了自身的来处，只顾在物质世界里沉迷，从而忽略了对精神生活的建造和追求。我们曾有过"理想"吗？我们的理想又是什么？我们所经历的生活，是凭空而来，还是建立在一个坚固的基石之上……基于这样的观念，似乎更有必要从全新角度重新展开对英雄的追寻和书写。

编辑对初稿提出的意见是：没有很好地和当下融合起来，这会很难引起青少年读者的反响与共鸣。语言缺乏明快、活泼的节奏，更多拘泥于史料的堆砌，落入了僵化与刻板的窠臼。如果能和"未来读者"做一番沟通，或许能找到更好的表现形式吧？

少年刚刚结束了中考（这里所指的"少年"，其实是我的儿子。基于某种神秘和个性，他不同意我提起他的名字。只能用"少年"代替）。他考出了一个非常不错的成绩。暑假期间，带他去海边游玩，这是我早就对他做出的承诺，也算我们之间的一个约定。现在看来，已很难兑现。却又觉得，总该带他去哪里走一趟。

"你对'英雄'有什么见解？"我问他。

随即马上意识到，和一个"准高中生"交流，这种提问方式，似乎又落入某种"刻板与僵化"的窠臼，便换了一种更为直接的方式问他："你马上就是一名高中生了。我想了解一下，在你这样的年龄段，你的接触范围内——包括你和你的小伙伴们，心目中的英雄，都有哪些？"

他正在看一本叫作《神奇动物在哪里》的书。那是他继读完《哈利·波特》成为一个"哈迷"之后，断断续续经常翻看的一本书。他端着书本，从书本上方看了我一眼，有些懈怠地说："生活中，我还从来没碰到过什么英雄。"

"不是生活中的英雄，是你从书本、影视中看到的，你觉得哪些人物更符合你对英雄的想象？"

"从小时候开始算起吗？"

我点头。

他想了想，说："最早应该在动画片里，黑猫警长、奥特曼战士……应该都算英雄。现在，英雄就更多了，如蝙蝠侠、美国队长、绿巨人、雷神、钢铁侠……英雄已经变身为超级英雄了。"

听了他的回答，我不禁有点儿尴尬。

这"尴尬"，其实来自我提前的预设。他所提到的"英雄"，也并未超出我的想象——自然会是那些出自虚构中的、拥有超能力的人物。从预设的角度出发，我觉得这并非他所应承担的"问题"（其实这也并不存在任何问题）。所谓"问题"，只能算在我这个做家长的身上——并未对他在阅读和观看影视方面有过什么引导。深究起来，这显然也并非全部出在家长身上。过于繁重的功课，将孩子们的课余时间挤占，历史与教科书上的英雄人物，只是蜻蜓点水般的普及性介绍，所以那些英雄很难在他们心目中占有重要位置。动画片、电影里的超级英雄，对他们来说更有吸引力，更容易填补他们乏味的童年生活。

我还想问点儿什么，却又不禁哑然。

带他去一趟保定，确切地说，是去狼牙山走一趟的想法，便是基于这次谈话形成的。狼牙山五壮士是我这本书中所描写的对象。随着时代地更迭，这个英雄的群体已然成了一个故事，并逐渐淡出人们的记忆。即便对我这个年龄段的人来说，若非出于写作的需要，查阅了很多资料，经过了实地采访，也很难对这个英雄的群体有一个明晰的认知。去英雄曾经战斗过的地方重走一遍，对少年和我来说，应该是一次很有意义的旅行。说不定，就会找到写作的灵感。

动身之前，为了加深印象，我特意安排少年用手机百度了解并掌握一下同"狼牙山五壮士"相关的背景资料。权当为这次寻访或旅游，做一番必备的攻略吧。

与壮士相关的若干词条

壮士：勇士。心雄胆壮之人；意气豪壮而勇敢的人。出处：西汉·刘向《战国策·燕策三》。例句："风萧萧兮易水寒，壮士一去兮不复还。"狼牙山五壮士的英雄事迹惊天动地，气壮山河。

这是百度百科关于"壮士"一词的基本释义。有关"荆轲刺秦"的故事，已在华夏流传千载。而狼牙山五壮士的英雄事迹，1987年被选入小学语文教材，小学教育由五年制恢复为六年制以后，这篇课文便长期成为小学五年级的重点课文，一直到20世纪90年代末……

狼牙山：又名郎山。因山峰耸峙、危峰迭起状似狼牙而得名。地处河北省保定市易县境内，属太行山脉。

易县：别名易州。这是一个颇有古意的地名。这里还有一条更有古意的河流。如果你不熟悉这条河流，也该记得"风萧萧兮易水寒，壮士一去兮不复还"这样的句子。

没错，易水就是因刺客荆轲而闻名。当年易水河畔的一场送别，与高渐离的一次击筑和歌，成就了"问义不惧死，慷慨赴国难"的精神羽化；从而催生出了韩愈《送董邵南序》的开篇首句："燕赵古称多慷慨悲歌之士。"

易水向南流入拒马河，又分南易、中易、北易之流。同狼牙山一道，这条代指"悲壮"的河流，出自总面积约两千五百三十四平方公里的易县，其实并非偶然。往前追溯，你会惊讶地发现，这里的每一粒泥土、每一株草木、每一块儿瓦石，无不浸染了历史的悲风。这里不仅有成就壮士英名的狼牙山，有"此地别燕丹，壮士发冲冠"的易水河，更有"送荆轲"这一千古遗迹。2002 年，南水北调工程穿越南易水，有关部门对当地文物进行了抢救性发掘。在易水河北岸，发掘到两处古墓，并挖掘出一段墙体，这便是传说中的燕南长城。

燕昭王，这位燕国的第三十九任君主，出于战争防御的需要，将境内的水利工程改造为战争的防御体系，成就了一道天堑的同时，也使这里成了一处血雨腥风的战场。此后，秦、赵多次攻燕。据《史记》记载，"赵将李牧伐燕，取武遂方城""秦兵临易水"，指的就是这里。

汉朝时这里战事频仍，北宋时成了宋、辽边界，杨延昭在此地镇守边关。"遂城之捷""羊山之伏"便是围绕易水河两岸展开。经此两役，迫使萧太后写下一纸降表。

燕王朱棣与宫廷军队的鏖战，也发生在狼牙山地区。兵马未动粮草先行，大本营所需的粮草，要到四十里外的塘湖驮运。两岸山高坡陡，一条河流湍急。情急之下，朱棣来到河边，对着咆哮的河水发出一声断喝：叫这河水潜流四十里，变成铜帮铁底运粮船。第二天，河水果真遁去，阻路的河道，变为天然的运粮大道。这固然是传说，却能从《易州志》中找到更多佐证："明建文三年七月，大将军盛庸檄，大同守将房昭引兵紫荆关，驻兵西水寨，以窥北平。十月，朱棣自大名起兵，与房昭战于燕王岭。房昭兵败，破西水寨，燕师还京。"这里所记的燕王岭、西水寨，都在南易水上游。由此推断，当年朱棣的大军有可能遭遇山洪，这才有了运粮之难。山洪过后，汹涌激流变为干燥的河床，才会有了这些似曾相识的逸闻传说。而朱棣经过多年的厮杀征战，终入南京做了皇帝。而倒霉的却是燕赵大地上的民众。他们饱受战争摧残，有歌谣为证："春燕归来无栖地，赤地千里无人烟。"

说起朱棣，还要提到"紫荆关"。这座始建于战国时期，汉时称上谷关，东汉为五阮关，又有"蒲阴陉""子庄关"之称的著名关隘，是内长城的重要关口。它位于"居庸""倒马"两关之间，有"南阻盘道之峻，北负拒马之渊，近似浮图为门户，远以宣大为藩篱"的美誉，也难怪它会成为兵家必争之地。大大小小的战事，有一百四十多次在这座关隘前展开。

"紫荆关"属于"太行八陉"之"第七陉"。"陉"为山脉中断的地方，又有"山口"之意。所以说古时称"燕地苦寒"，并非空穴来风。可以想见，这小小的易州，除了"郎山""陉地""关隘"和寒气袭人的易水，无不背负着"战乱"之名，却也因此成就了更多壮士的英名。

一分区：又名第一军分区。它的前身为八路军"独立第一师"。

1930年1月18日，江西红军与赣西南红军游击队合编，成立了红军第六军，史称"红六方面军"。1933年6月，红六军和其他红军部队合编，成为中国工农红军第一方面军第一军团第一师。这支战功赫赫的部队，参加过第五次反围剿，经历两万五千里长征，在突破湘江、两渡乌江、四渡赤水、巧战直罗镇、激战山城堡等著名战役、战斗中，打出了威名。1935年9月，红军长征到达甘肃省哈达铺，部队再次进行整编，"红一军团"改称"陕甘支队第一纵队"。因兵员不足，部队进行缩编，取消"师"的番号。1936年1月，部队决定再次恢复红一师番号，又从第一团、第十三团抽调干部，以陕北游击队为主要兵员，重组第三团。陈赓被任命为红一师师长，杨成武为政委。

随后，红一师加入中国人民抗日先锋军序列。东渡黄河，参加东征战役。1936年5月，中共中央发出回师通电，将部队召回。全国抗战随即开始，根据国共两党的谈判协议，中国工农红军主力改编为一一五师，下设独立团，杨成武任团长。随后，独立团开赴抗日前线。这个特殊的军团，在平型关战役中大胆深入敌后，切断日军公路运输线，阻击数倍于己的日军援兵，为兄弟部队歼灭平型关的日军争取了时间。平型关大捷后，独立团向敌后挺进，以北岳恒山为中心，开辟根据地。不到二十天的时间，就连续收复涞源、广灵、灵丘、易县、蔚县、阳原、浑源七座县城，并向平西地区以及平绥、平汉铁路沿线挺进。出征时一千七百人的队伍，迅速扩增到七千余人。

1937 年 11 月，晋察冀军区创立，下设四个分区。独立团升格为第一独立师，第一军分区由"独立第一师"兼任，杨成武任一分区司令员。独立团作为晋察冀军区的主力师团，从此便有了一分区的名号。

1941 年 5 月，侵华日寇开始对易县境内进行疯狂"扫荡"。狼牙山五壮士所在的一分区，就驻扎在这里。

"扫荡"与反"扫荡"

　　旅途中的交流，显然勾起了少年对一分区这个战斗团队的兴趣。他借助手机百度，查阅了一分区所经历的大小战事，譬如：阜平保卫战、解决七路军，以及更为著名的雁宿崖战役和黄土岭战役。他向我提出这样一个问题："这些战事中，怎么没见到'狼牙山五壮士'参加战斗的记录？"

　　最初查阅资料时，我也曾有过这样的困惑。

　　遍查 1938 年至 1941 年间晋察冀军区一分区所属部队经历的大小战事，无从觅到五壮士的身影。他们的身影淹没在众多抗战将士的身影当中，正如日后的无名英雄纪念碑，很难从中找出某一个被确定了身份的英雄的名字。

　　即便接下来发生的狼牙山保卫战，一时也很难找到他们的身影。1941 年春天，对一分区的将士们来说算是一个相对平和的春天。3 月至 7 月，整个晋察冀军区都在为战斗做着积极的准备。时间逼近 10 月，疯狂的"扫荡"开始了。

　　"什么是'扫荡'？"少年问。

无须听我解释，他便从百度中查找到这个指代残酷的词语。"扫荡"，是一种军事行动。有荡平、彻底清除之意。

少年夸张地咧了咧嘴，脸上仍有未脱的稚气，用自嘲的语调说："小学时我用'扫荡'造句：'我扫荡了妈妈做好的一桌美味可口的饭菜。'看来，这也不像是我和同学玩游戏，把对方的设施、装备扫荡一空那么简单。"

和他谈起这段残酷的战事之前，我问他："你知道现在世界上最先进的武器有哪些吗？"

他算是一个小小的"军迷"，说起武器装备米如数家珍：核武器、弹道导弹、核潜艇、隐身战略轰炸机、航空母舰、机载激光武器系统……在最新"外媒"评出的全球最先进十大武器排名中，中国制造的歼 –20 战斗机排名第四，99A2 主战坦克排名第八……他看我一眼，一脸严肃，又低下头去，背课文似的读着手机上的一段内容："我们不断研制先进武器，并非为了挑起战争。我们不断增进国家的军事力量，只为保障国土的完整和人民生活的安全和稳定。"

我不禁笑了，又问他道："你知道 1940 年前后，日军和我军的武器配备处在什么水平吗？"

"肯定会落后很多啦。"他说。

"不是落后和不落后的问题。而是双方的军事实力，根本就没有任何可比性。"我说。

1940 年以前的一分区，还有主动寻求作战的机会。到了 1941 年以后，一分区的所有优势均已不在。这就像一个贫穷人家，用光了所有家底。单说武器弹药方面，最初我军只能靠从战场上缴获，以及民间收集作为补给的途径。到了1940年下半年，晋察冀军区，包括一分区、平西挺进军，虽相继建立了自己的手工作坊式兵工厂，武器弹药的紧张状况稍稍有所缓解，却因技术条件落后、原料缺乏，只能采用"再充填"的方式，用旧子弹壳制造子弹。这种子弹又称"再生子弹"，其射程、射击精度、杀伤力，远不能尽如人意。用收集来的废铁铸造木柄手榴弹，手榴弹的弹药，则用自己土法制造的黑色火药装填，爆炸威力极其有限。有时只能将手榴弹壳炸成两半，还会经常出现哑弹现象。而从缴获的日军炮弹中提取黄色火药，不仅危险，数量也远远达不到需求，实属杯水车薪。至于枪械等武器装备，只能将损毁的枪械统一收集，采用修补、零件拼凑的方式，制造属于自己的"二手"武器。子弹不能通用，往往战士们手中有枪，却没有子弹。枪相当于一个摆设，通常被戏称为"烧火棍"。

即便如此，1940年下半年，这种状况也难以为继。因为敌我双方正处于相持状态，发生战斗的次数很少。而日军也变得极其狡猾，每次战斗结束后，都会安排专人将丢在阵地上的弹壳收走。

相比之下，日军的武器装备却无比精良。那些源源不断送上战场的子弹、炮弹、木柄手榴弹、迫击炮弹、飞机炸弹，全部出自日寇占领的太原和沈阳。这两地原属晋军阎锡山和东北军张学良的兵工厂，制造武器的设备也非常先进。

重重的困难，使一分区陷入险境。据不完全统计，截至1941年反"扫荡"开始，一分区的兵员弹药，始终处在入不敷出的状态。

"那还怎么打仗？这也太不公平了吧！"少年有些愤愤又有些泄气地说道。

战争面前，哪有什么公平不公平，只有一个残酷的事实：消灭对方，将对方斩尽杀绝。基于这样的条件，摆在我们晋察冀根据地各部队眼前的只有一条路可走：保存实力，不被敌人消灭，并想办法生存下去。生存才是最主要的——对当时身处险境的他们来说，生存更需要勇气。

实际上，从1941年5月日军零星的"扫荡"便已开始了。

5月底6月初，日军对冀东发起了一系列进攻，致使孤立无援的冀东根据地几乎全境沦陷。

6月初，日军对冀北、白洋淀地区展开"扫荡"的同时，又对平西根据地发起围攻。

7月9日，在一份日军正式下达的《北支那方面军晋察冀边区肃正作战计画（划）》中，正式展开进攻的时间被确定为8月12日。

此时，整个晋察冀军区面临着前所未有的困难。

百团大战后，武器与兵员的缺乏，成了困扰各军区的最大问题。除此外，缺吃少穿的情况，也已在各军区显露。就拿聂荣臻指挥的军分区来说吧，四个分区所在地的雁北山区，虽适合展开游击作战，但贫瘠而逼仄的山地，根本保证不了几万人队伍的吃穿住行。虽有一部分军需物资通过冀中根据地调拨缓解，却也只能保障基本的生存。而物产丰富的冀中根据地，因遭到平津地区日伪的严重封锁，也很快陷入困境。缺医少药，是难解的困局之一，当时疥癣等流行病正在根据地蔓延，病员一度达到部队兵员人数的半数以上，致使战斗力锐减。

通常作战的双方，只有在兵力、弹药保障充足的基本前提下，才有可能展开势均力敌的一搏。经过几年的战争消耗，综合实力整体下降的八路军，当时已根本无法同日军进行正面交锋。

况且兵强马壮的日军，对于此次作战，更是做到了非同以往。以往每次"扫荡"，多是旅团或师团之间的"单兵作战"，很少有相互间的协调统筹，持续时间因物资储备的消耗往往不会太长，便草草撤出战场。而1941年秋季开始的这次"扫荡"，日军已将平日不被他们放在眼里的八路军，当成战略上的强劲对手，决定以持久战和消耗战，将其困死在华北全境。

制定并实施这一计划的，是刚刚继任"华北方面军"总司令员，曾出任关东军参谋、挑起七七事变、参与南京大屠杀的号称日本军界"三杰"之一的冈村宁次。经过他精心的布局与谋划，投入大量兵力的同时，又增加了伞兵及毒气的使用，并准备采取"铁壁合围""梳篦式清剿""马蹄形堡垒线""点鳞式包围阵"等战略，意图消灭我八路军总部，摧毁各分区机关。

8月13日，冈村宁次调动日军围攻五台县和雁北地区。又调拨大军，从东、西两面佯攻八路军军区司令部所在地阜平，却故意在南面闪开一道口子，张网以待，妄图诱使八路军军区司令部退往沙河，准备在那里将八路军总军区团团围住，吸引八路军援兵前去救援，最终一网打尽。

作为晋察冀军区总司令员的聂荣臻，虽早已对日军的动向有所觉察，但此次日军的"扫荡"规模，还是大大出了他的意料。从各处传来的军情看，此次日军出动的人数，除六个正规师团外数个混成旅以及配合作战的伪军警备队，总人数高达六万之多。

军区机关及后勤部门转移到沙河之后，更为险恶的处境在那里等着他们——那个被日军事先设好的包围圈。当时还有没来得及撤走的晋察冀分局、北岳区机关的大部分人员等毫无作战能力的队伍两万余人，随时会迎来一场灭顶之灾。深陷重围的聂荣臻不得已给一分区发电报，命令杨成武火速派兵前去救援。

此时的一分区也同样身处险境。

尽管鬼子此次"扫荡"的重心并未放在狼牙山地区，但因有"雁宿崖""黄土岭战役"的新仇旧怨，一分区成了日军的眼中钉、肉中刺。收到聂荣臻发来的告急电报的同时，一分区所属的交通要地——南管头村，被日军攻破占领。

所幸杨成武早有准备。

两个月前，杨成武便将一分区机关做了大幅精简。除了副司令员、参谋长、政治部主任、地委书记和专署专员外，身边只留下作战科、情报科、通信科的一部分人员。其他的机关干部，被分派到各情报站先行隐蔽起来。如果不同敌人做正面交锋，如此精干的一支队伍，杨成武完全有信心保证他们的安全。

眼下杨成武所面临的最大困难，是兵员不足。此时可供他调遣的兵员，只有镇守在狼牙山的一团。

作为一分区防御体系的核心部队，狼牙山一直由一团镇守。这个仍保留红军连建制的主力部队，可以说是杨成武手中的一张王牌。其战斗力之强，早在"腰站""大龙华""黄土岭"战斗中便有佐证。如果将一团调离，等于洞开狼牙山的门户。狼牙山只能任由日军洪水猛兽般涌入，十几平方公里的土地，必将遭到无情践踏。

狼牙山根据地固然重要，可晋察冀军区司令部的安危更令人担心。杨成武没有丝毫犹豫，8月23日晚上，他在离日军占领地不远的周庄，召开了一次军事会议，正式制定了自己的反"扫荡"计划。

一团留下三连、七连，余下各连队，迅速驰援三分区。务必保证晋察冀军区司令部的安全，救出被困在那里的两万余名同志。

第一团三营继续留守满城，巩固狼牙山根据地至关重要的南侧屏障。在一团防区内训练的其余两个新兵营，则原地待命，听候调遣。

分派完兵员，留在杨成武身边的，只剩下了一分区警卫连、侦察连以及一团所属的三连。这个只有三四十人的指挥机关，以及五百多人的战斗部队，完全暴露在了日军的窥伺之下。

8月24日傍晚，北娄山西南方向的周庄，一分区司令部所在地，往日繁忙的电话铃声和商讨作战计划的声音渐次稀落，秘书处整理好几大件公文箱，应招而来的挑夫安静地等在门外。不远处的夜色里，肩扛背驮、扶老携幼的乡亲们如潮水般涌过，朝着暮色深处的狼牙山方向仓皇而去。另有一部分乡亲，固执地留了下来。等队伍出发后，他们便跟在后面，寸步不离。这些平日和八路军素有交集的百姓，深知去山中躲藏，不如跟着这支部队更为稳妥……此举令负责安全的一分区参谋长深感担忧——身后跟着这么多百姓，不仅会给部队转移带来不便，而且很容易暴露目标。

杨成武劝阻了他，并再次重申：我们八路军的队伍，本身就是为百姓作战的，无论多么不便，也不能将信任我们的老乡从身边赶走。

部队最初制定的转移目标，是向着东北方向的金坡行进。出村后没走多远，大家发现队伍朝着正东方向行进了一段时间后，又折返向南……不断改变行进的方向。即便行动如此缜密，接下来的几天，仍不断遭到敌人袭扰。敌人像甩不掉的影子，无时无刻不纠缠在他们身后。杨成武起初想到，电台发报可能会被日军监测位置。随即下令电台停止工作，全体静默行军，但仍旧麻烦不断。等队伍转移到涞源县界内一个叫蝙蝠岭的地方，头脑灵活的作战参谋提醒杨成武：跟在后面逃难的老乡中间会不会混有鬼子的奸细？

杨成武这才猛醒过来，带着队伍钻入一条山沟，堵住山沟两侧的通道，只许进不许出，派人对老乡挨个进行盘查。一个乞丐装扮的男人，很快被查出有问题。他随身携带的粮袋子里，装的全是黄灿灿的小米。四乡八里逃难的老乡，没有一个人能确认他的身份。如果他是一名乞丐，粮袋子里应该会是讨来的五谷杂粮。

铲除奸细后，队伍的安全这才得到保障。随后，队伍在涞源县境内一个叫万年冰的小山村隐蔽下来，结束了一路的艰苦奔袭。

9月初，日军第一阶段的"扫荡"结束。杨成武这才带领机关大队，从万年冰出发，经穆家寨、合婚台，再次回到出发前的小村——周庄。

9月中旬，第二阶段的"扫荡"开始。

这是日军针对狼牙山地区专门制定的一次"扫荡"计划。狡猾的日军，起初并未对狼牙山直接发起进攻，而是从周边地区采取"赶羊"战术，对易县东部，定兴、徐水、满城的抗日根据地进行围猎，沿途烧杀劫掠，意图给当地百姓造成恐慌，使其纷纷涌入狼牙山避难。日军随后调集所有剩余的物资兵力，将狼牙山团团包围，准备给"扫荡"画上一个圆满句号。

这股重新集结的兵力，除了日军冈山步兵百十联队，即110联队，还有倾巢而出的易县警备队、日军警备队以及以叛徒赵玉昆为首的警备团，并有七百余人的混成二旅，从蔚县出发，沿门头沟、涞水方向，穿过挺进军防区，围攻狼牙山北侧。

如此缜密的部署，如此密集的包围，已将冈村宁次誓将八路军一分区消灭在狼牙山上的决心展露无遗。他将调集起来的所有部队，临时命名为"华北派遣军乙兵团"，旅团长由长津田美武少将担任。具体的作战部署，则由三支部队按地域划分，各自进行。如需合作，则要看战局的发展灵活运用——这看似平常的决定，却巧妙化解了派系林立、困扰日军已久的不能统一作战的问题。

狼牙山地区一时战云密布。

1941 年 9 月 20 日，日军按计划开始行动。

首先在 23 日这天，日军出兵占领狼牙山脚的几个村庄，故意在南淇村、北淇村制造惨案。"扫荡"时惯用的伎俩，这时更是使用得变本加厉，肆意屠戮手无寸铁的百姓，使这里的天空都浸染了血光。以致几十年后，这里的百姓仍不能消解家仇国恨。改革开放初期，据说有一位名叫茅田幸助的日本侵华老兵，来到狼牙山下，痛哭流涕，磕头谢罪，也得不到当地百姓的谅解。

哀号声不绝。惨绝人寰的消息瘟疫一样蔓延。在死亡阴影的笼罩下，人们只能寻求大山的庇护。

此举正中冈村宁次下怀。他深知，狼牙山虽地势险要、易守难攻，却不可能躲藏如此多的民众。犹如惊弓之鸟的百姓，必会给擅长打游击的八路军带来困扰。更为致命的是，狼牙山境内缺乏水源。如果日军封死下山的路，内外交困，狼牙山无疑将会变成一处埋尸的坟场。

和晋察冀军区总部失去联系的杨成武，虽顺利躲过日军的第一轮"扫荡"，等待他的，却是更为险恶的困局。

此时的一分区，兵员实力已近枯竭，一团主力身在阜平，六团去支援三分区；剩下的野战部队，只剩下三团和二十团。

敌情不断传来。昔日幽静的大山，顿时乱如一锅沸水。

事先布置好的反"扫荡"计划，在这困厄之境，显然无法照常实施。杨成武深知自己的处境。让他更为担心的，则是那些躲进山里的百姓。进山的路口上，惊慌失措的人们络绎不绝，一双双惊恐无助的眼睛，令他不忍直视。想起因养病滞留山上的一团长邱蔚，他不禁忧心忡忡……不待他打电话询问，便接到了邱蔚打来的告急电话。

"司令员，情况很危急呀！敌人不断进山骚扰，还有炮轰，飞机投下的炸弹落在棋盘坨上。山中被困的，除了我们一团的机关人员，易县、定兴、徐水和满城的四支游击队，还有四个县的党政机关人员和数万名老百姓，这可怎么办啊？"

邱蔚的声音听起来有些虚弱，完全没了往日的气定神闲。

杨成武蓦地一震，下命令道："转移！赶紧带老百姓转移！邱蔚同志，你马上传达我的命令，那四支游击支队归你指挥。无论如何，必须把敌人顶住！随时向我报告情况，一定想办法将群众转移出去！"

邱蔚的声音焦虑中透出无奈："下山的路都被敌人封死了，好几股敌人正在山下转悠。司令员，大家都非常紧张，群众也很绝望，有什么办法能带群众转移出去啊？"

怎么帮邱蔚带几万人逃出被封锁的大山？杨成武一时也很难想出万全之策。只有进一步查明敌情，他才可能做出合理的部署。

当时的情况下，又靠什么来迅速查明敌情？

所幸根据地建立之初，一分区总部吸取红军时期通信人员技术落后的教训，开始着重培养自己的通信人才，组织过多次电话员、无线电技工、司号员等各类技术业务的培训。缺乏通信器材，便发动群众盗割敌人的电话线；每次打扫战场，电话机和电话线更成了最为稀罕的宝贝；没有电池，因陋就简开办电池厂；没有电话机，用旧材料东拼西凑；有些重要的零件实在找不到，便派人去敌占区千方百计购买。

电话线的架设，一分区自有一套妙招。通信兵避开大路，选择最为偏僻的山沟，有时干脆将电话线架设在山峰之间，从此电话线便有了"飞线"的美名。敌人面对这飞越天堑的电话线，恨之无奈，毁之无方。派小股部队上山破坏，唯恐遭到被歼灭的危险；派大队人马上山清剿，又恐山道险峻，遭遇袭击。

战果累累的一分区，仰仗早几年攒下的家底，早已在狼牙山周围建立起了一个个秘密情报站。这无疑会给身处绝境的人们，赢得一线生机。每一处情报站里，配有一部电话机。一分区情报科、敌工科、锄奸科派专业人员，担任情报站站长。每次"扫荡"开始，机关干部便统一下派到各情报站，负责联络并收容负伤掉队的同志。除了这些山区的情报站外，保定、张家口、易县也设有一分区的秘密情报站。敌人稍有风吹草动，情报便会及时传输到分区司令部……现在，杨成武依靠的，就是这些金子般宝贵的情报。

乙兵团已改变攻击方向，转向冀西进袭。

易县、金坡、满城、徐水、大王店等据点及保定的守敌，也纷纷出动。

塘湖的敌人先头部队占据了南、北淇村。因有伪军带路，他们开进的速度非常快。

狼牙山周围的毛儿崖、东水、西水、管头、松山、娄山、雪飐岭、碾子台附近，都有敌人活动的迹象。

洞察了敌情，杨成武赶紧通过电话"飞线"，联系在涞源驻守的第二十团，以及在满城县刘家台扎营的第三团，命令他们在 24 日当夜，火速出兵，进攻驻扎在上隘刹、下隘刹、管头村以及松山村的日军，以造成假象，吸引狼牙山北侧及东侧的日军前去救援。

安排好这一切，杨成武和邱蔚再次通话："邱蔚，眼下的形势，我们只能来个'围魏救赵'。我准备调集三团和二十团的全部兵力，从上、下隘刹和岭西打出去，猛攻管头、娄山、松山和周庄一线的敌人。敌人不是一直想找我们主力部队交战吗，那就让他误以为我们真的要跟他们决一死战，从而把九莲山和碾子台那一路敌人引开。如果敌人中计，会空出一个十多里长的口子，到那时，你就能带着百姓突围了，如果敌人不中计……"

听不清邱蔚的声音，却在电话的一片嘈杂中清晰传来三团长的吼声。当时那个年代的电话，都是从日军手中缴获，或从国民党部队收集得来的，型号、制式无法统一，电话线又是铁线，为了隐蔽，大多埋在地下，信号非常微弱，所以通话大多靠吼。如果通话中有另外一方通话，双方的声音便会搅在一起，相互干扰。

当时就是这样——三团长和部下的吼声，虽显得不合时宜，但听起来却更为急迫。

1940 年秋天，由于三团在东团堡战斗中损失惨重，剩余的兵力，仅够组建一个营的配置。三团长虽为团长，1941年的大半年，却只是带领他的团部，以及这一个营的兵力，在娄山地区执行护防任务。可即便这仅有的一个营，也并不在他身边，而是留守在武家庄子，一为等待当时在一分区卫生部的伤病员归队，二是对新征集的新兵进行训练。而这一个营中的第十二连，远赴冀南去执行特殊任务了，另外还有半个连驻扎在完县（今顺平县，后同）与唐县结合部，窥伺敌人动向……接到如此紧迫的任务，三团长只能将剩余兵力紧急召回。他怎么会不急？所以他才会在电话中又吼又叫。

一时间，电话中杨成武、三团长、邱蔚的声音交织在一起，乱成一团。杨成武先行中断通话，等三团长通话完毕，这才重新和邱蔚取得联系。

邱蔚的声音依旧透着疲惫："好极了！司令员，我马上去做突围前的准备。"

杨成武声音嘶哑："好，你们先做好准备，等我的通知，争取今晚带老乡突围成功。"他略一沉吟，又叮嘱道，"如果突围成功，你留下一个连，和民兵配合打掩护，争取坚持到明天中午，让敌人误以为你们仍被困在山里。等掩护和诱敌任务完成后，再让这支队伍撤走。"

9月24日深夜，三团和二十团接到命令后，同时发起转移敌人注意力的进攻。

此时的三团，只有三个连的主力。而松山和管头的敌人近千名，用这三个连的兵力去佯攻，从声势上不足以吸引敌人，只能勉力而为。

在三团赶往松山时，二十团已开始了他们的浴血奋战。

三团是个大团，兵力尚只有一个营，二十团与之相比，更显得势单力薄。百团大战中，二十团兵员损失大半，直至当时，尚未恢复元气，又刚遭到敌人的轰炸和"围剿"，团长、政委双双负伤。需要拿捏分寸的佯攻，对他们来说委实困难。正当勉力进攻之时，三团所属的一个新兵营从天而降。原来留守在武家庄子的那支部队和从一分区卫生部归队的伤病员，以及正在接受训练的新兵，恰好从武家庄子出发，准备去往松山，路过此地。这支队伍随即投入了战斗。

日军果然中计，以为八路军主力部队来袭，随即放弃阵地，撤到别处去了。

焦急等待中的杨成武，不安地在屋子里踱步，等待着好消息，盼望着那拯救几万人生命的作战计划能够成功。屋子里有些闷热，他走到屋外，仰望夜空。密集的枪炮声时而大作，时而沉寂，升腾的火光，使挂在山岭上的星星不禁为之颤抖。夜半时分，急骤的电话铃声终于响起，令杨成武感到有些紧张。

"敌人奔北娄山方向救援去了！"

"敌人空出来的地方有多宽？够不够十里？"杨成武急迫地问。

"不止！大概有二十里左右。九莲山、碾子台、沙岭子、雪蜓岭一带的敌人，一个也看不到了。"

杨成武如释重负，赶忙将这个好消息通知邱蔚。

当杨成武和邱蔚的通话还在进行的时候，周庄周边的形势已然变得紧张，附近的电话情报站传来多处日军逼近的消息。杨成武手拿话筒，扭头命令警卫连长："先带两个排出发，察看通往西边的道路上是否有日军活动的迹象。"接近24日凌晨，杨成武这才结束所有通话，随即下令："全体人员立即出发！往西转移！"

枪炮声渐渐平息。远处能听到几声夜鸟凄清的啼鸣。杨成武站上一面陡坡，朝露出曦光的远处眺望。想到此刻接到撤退命令的三团和二十团以及远在狼牙山上的邱蔚，将会面临怎样的困难，他不禁身子发冷，在秋夜的寒凉里打了一个冷噤。

正如杨成武所担心的那样，二十团撤退时果然遇到了麻烦。

他们所在的管头村，地形对撤退极为不利。要想全身而退，必须经过两处险关。一处叫上隘刹，一处叫下隘刹。撤退之前，团长特意命令两个连，守住这两个至关重要的关隘。怎奈敌人诡计多端，他们不进攻管头，而是直接朝这两处隘口发起强攻，意图断绝二十团的后路。

二十团团长见情况不妙，急忙指挥部队掉头回撤，但因退路狭窄，刚刚走到两个隘口之间，便被敌人死死咬住。为了保证主力部队的安全，守在上隘刹的连队只能拼死抵抗，为团主力争取撤退时间。

等大部队撤离后，全连已被敌人包围。一个连的将士弹尽粮绝，无一人生还。同一个月前发生在口头村的暴行一样，鬼子割下连长的头颅，挂在村口示众。

在二十团浴血奋战之时，三团也碰到了类似的麻烦。

他们虽顺利撤出阵地，但返回满城途中却接到一个消息：从易县开出的一股日伪军，三四百人，正在朝狼牙山方向挺进，恰好要从他们防区内经过。

狼牙山上只有一个连的兵力，还有几万老百姓等着突围，怎能放鬼子过去呢？万万不能！若放他们过去，等于没有完成司令员交给他们的任务。

主动请缨的是去冀南执行任务刚回来的那支连队。大"扫荡"开始之初，军区领导已预感到战局险恶，决定将一批高级知识分子送出晋察冀，经冀南八路军总部，转移到国统区大后方。担任这个重要任务的，便是三营十二连。

面对十二连战士的请缨，团长感到为难。刚刚执行完任务回来的他们，不仅鞍马劳顿，并且弹药所剩不多。但是此刻，团长又实在没有其他人手可以委派，只能千叮咛万嘱咐："你们和敌人交火后，万万不可恋战，只要能转移他们的注意力，拖他们一阵儿便好。千万千万记住，打完了就跑，务必快去快回！"

血气方刚的十二连的战士们，埋伏在一个叫臭水沟的地方，向日伪军发起阻击。他们虽然吸引了敌人，却也暴露了自己，陷入被两股敌人夹击的绝境。

隶属易县警备队的日伪军，有大批熟悉地形的汉奸。有汉奸们的引路"围剿"，十二连战士的撤退很快陷入绝境。最后他们退到山上，弹药耗尽，拼命向山顶攀爬。鬼子紧追不舍，不断向爬山的战士们射击。十二连战士大部分阵亡，只有攀到山顶的几个人，侥幸逃过一劫。

二十团和三团所属的这两支可歌可泣的连队，之后没有被更多人知道。因为他们牺牲的当天，有五位更为勇敢的战士做出了更为英勇的壮举。

狼　烟　四　起

　　我和少年下了火车。在保定火车站中转，乘坐客车，直接抵达易县县城四十五千米外的狼牙山脚下。时已近晚，黄昏中的狼牙山，给人一种沉静、壮阔之美。沿途是成片的果园，青绿的果实缀满枝头。万壑葱茏间，隐约能看见远处山顶上的"狼牙山五勇士纪念塔"。白色塔身在夕阳下熠熠生辉，又被晚霞涂成淡淡的红色。

　　自从狼牙山成为国家级森林公园、国家4A级旅游景点、河北省爱国主义教育基地后，这里的旅游业发展迅速，服务业也随之兴起，农家乐和红色旅游项目遍布山脚。我们父子俩决定在此投宿，选了一家离公园入口很近的农家乐。这才知道，明天，即9月25日，正是"狼牙山五壮士"跳崖纪念日。每逢这一日，狼牙山景区都会免费对公众开放。

　　借由投宿山脚的一夜，我们恰好能间接感受一下当年壮士献身的前夜，这里到底发生了什么。

1941 年 9 月大事记——

9 月 3 日：中国军队收复福州。

9 月 4 日：德军包围列宁格勒。

9 月 6 日：日本御前会议秘密决定向美国开战。

9 月 18 日：中国和日本军队进行第二次长沙会战。

9 月 19 日：德军占领基辅。苏军方面因指挥不当，损失约七十万人。

9 月 24 日：英、苏等十五个国家，（其中包括九个流亡政府）在伦敦举行讨论《大西洋宪章》同盟国会议。

9 月 25 日：狼牙山五壮士跳崖。

…………

时间的节点，应从 1941 年 9 月 24 日中午时分开始说起。

一团长邱蔚，坐在老君堂的功德殿里。他的身前，摆放着一张歪歪扭扭的桌子，桌子上有一部手摇电话机。9 月中旬的天气，正午时分的老君堂内还是有些燥热。身穿粗布军装的邱蔚，背上搭一件夹袄，不仅没有汗湿的迹象，面色还更显苍白。围坐在他身边的人身穿单衣，却也止不住额头冒汗。特别是带队刚从林泉上山的七连长刘福山，因赶路的缘故，又兼心内急躁，豆大的汗珠从脸上一个劲儿地滚落，抬手擦拭不及，干脆用皱巴巴的军帽揩着淌到脖梗里的汗水。

没有人说话。老君堂外的槐树上仍有秋蝉在嘶吟。

自从 1940 年八十多岁的老道长石海山仙逝后，留在老君堂的小道士也下山了，这座被称作老君堂的道观，成了一团团部所在地，也成了病残人员的暂时休养所。这里果真是个好去处。站在道观前的石坪上，东面可以看见肥沃的农田一直延展到平汉线以外，西面可以看见九莲山和一溜十八岗，北面则是易水河和通往战略要地的紫荆关，西南方向的满城、保定也遥遥可见。这里不仅是一处退守自如的战略要地，清幽的环境，更能让因战事始终紧绷的神经来一次难得的放松。

令邱蔚团长没有想到的是，一场小小的感冒，竟然将他困在此地。如此危急的关头，即便是去沙河为军区总部解围的任务，也要由他人代劳。

此时的邱蔚是沮丧的。他所担心的，并非是自己的身体，而是唯恐这不争气的身体，给这空虚留守的团部，带来不必要的麻烦。总共十三个战斗连的一团，有十一个连开往了阜平，一个连留守在老君堂。说是一个连，其实是靠体弱病残者临时组成的一支队伍。留守在山下的七连，才算是一支实打实的战斗队伍。为了保证团部安全，他们一直奉命留守在山下。如今，六个团级领导走了四个，只剩一个分管政治工作的分区政委，这仗还怎么打？

当那些毫无战斗能力的机关人员聚拢在他身边时，纠缠邱蔚多日的病痛似乎不见了，其实是他无暇顾及了——他必须要保证这些人员的安全。如果带这些人在山里打游击，他觉得并不算一件特别难的事。

但他的估计有会失误。当易县、定兴、徐水、满城的四位游击队队长，带领各自的队伍，边打边退，疲惫不堪地齐聚狼牙山下，像找到主心骨似的找到他时，也将烽烟四起的敌情以及来此避难的数万老百姓，一股脑地抛给了他。

邱蔚这下轻松不起来了。他早就听杨成武讲过，以往每次"扫荡"，百姓都会将狼牙山当成天然的庇护所，每次躲避也都立竿见影，但来此避难的老百姓如果人数过多，迟早会造成隐患……一语成谶，这一天果真就来了。面对四万之众的乡民，邱蔚起初不太相信，派战士下山核查。

其实无须核查，站在道观前的石坪上，便可看见漫山遍野到处都是惊慌失措的老百姓。往日清幽的山谷，早就成了一锅沸水。此时，身体似乎也故意和他作对，耳朵没来由地轰鸣，声音越来越大。几架飞机出现在林梢遮没的上空，怪鸟一样盘旋，附近响起爆炸声，他从病痛的恍惚中迅速清醒过来。通信兵站在身边，语音低沉地向他报告："团长，山上确实来了好多老百姓，估计有三四万人。另外，哨兵发现，有好几股鬼子已经进山了……"

邱蔚身子打了个冷战，推开通信兵，冲进报务室，给杨成武打完汇报军情的电话，又传令所有战斗人员，迅速集结，等候司令员随时下达的命令。

时间在缓慢流逝。敌机飞走后，偶有山炮的炸响在远处轰鸣。不大的道观里，显得异常沉寂。电话铃声猝然响起，将邱蔚吓了一跳。

所有人都在凝神看着他，就连站在门口的警卫员，也将头伸过来看。汗水从邱蔚的额头慢慢渗出，他一直在蹙眉聆听。因为信号不好，他右手抵住左耳，头微侧着。披在身上的一件夹袄，也滑落在地。

等他放下电话，将杨成武授予的撤退计划一字不漏地复述给部下后，围坐在周围的人这才松了口气。这个被冠之以"围魏救赵"的撤退计划，听上去堪称完美，众人却皆不作声，只呆呆地发愣。他们的神情中除了庆幸，显然有更多的疑惑。直到邱蔚叫了一声："都愣着干吗？还不抓紧时间去准备！等天黑了仗打起来，三团和二十团帮咱撕开了口子，务必要组织好各路老乡迅速转移。人家统一行动，撤退时千万不要出声。"

众人朝门外走去，动作看上去显得有些慌乱。唯独七连连长刘福山稳坐不动，因为邱蔚向众人布置任务时，始终没正经看过他一眼。等任务布置完毕，邱蔚这才意味深长地向他投来一瞥。刘福山心领神会，知道作为一名战斗连的连长，团长肯定会另有重要任务委派给他。

从门口退回来的邱蔚，病弱的身体显然有些支撑不住，身子晃着，被刘福山欠身扶住后坐在一张凳子上。他两手撑住膝盖，抬头看定刘福山，道："刘福山，天就快黑了，仗马上会打起来。如果像司令员预测的那样，敌人能闪开一道口子，那是你我的万幸，也是山上几万老百姓的万幸。到那时，我马上带他们转移。你们七连留下，必须死守狼牙山，给转移的老百姓争取足够的时间，想办法给敌人造成部队没有撤退的假象，牵住他们，争取到明天中午。"

黄昏的暗影在庙堂内一寸寸挪移。刘福山站在邱蔚对面，汗湿的脸颊模糊成一团，他脑子转得飞快，已经在想怎样来实施这一计划了。只听邱蔚问他道："刘福山，你迟疑什么？难道你怕了吗？"

刘福山抬手戴好军帽，笑着说："团长，你说我能怕吗？"

邱蔚对他正色道："十万火急，没心情跟你扯嘴皮子。"

刘福山神色陡然严峻，双腿一磕，打着"立正"，敬了一个军礼道："保证完成任务！我这就去和连队会合，把命令传达下去。"

入夜时分，激烈的枪炮声从西、南两个方向不断传来，又随即被骤起的风声淹没。等待消息的邱蔚，已没了去屋外观望敌情的力气。他垂头枯守在电话机旁。那台黑漆颜色的电话机，仿佛故意考验他的意志，一直静默到夜半时分，才骤然爆响。此时，屋内屋外，拥满无数坐等消息的人们。

先是听到邱蔚喊了一声，接下来便是一番屏息静气的聆听。

杨成武在电话里说："邱蔚，我跟你讲，敌人的口子开了，你们可以马上转移了。记住，从蚕姑坨西边那条盘坨路走，绕过上次我们坐在那里吃柿子的歪脖子树，再插向我们曾经铺过作战地图的那块大石头，那正是敌人空出来的缺口。突围出去以后，你赶紧把老乡分散到牛岗和大良岗一带。你们在东、西田岗稍作休息，插向平汉路，直捣敌人的铁路交通线，不愁他鬼子不退兵！"

邱蔚挂掉电话。

他嗓子焦干，一时说不出话来。见众人瞪大眼睛，茫然地看着他，他狠狠咽了一口唾沫，挥了下手，大声疾呼道："敌人中计了，我们的计划成功了。事不宜迟，快撤！"

夜色漆黑如墨。

不时腾起在半空的炮火，间或照亮一小片山谷。即便这样微弱的映照，也会令人惊讶地发现，命令下达的那一刻，乱石中、密林处、蒿草间，数万人倾巢而出，扶老携幼，肩扛背驮，动作慌而不乱，几乎听不到人声的嘈杂。那些伏在大人背上的孩子，统一被布条捂住了嘴巴，有的东张西望，有的已在大人怀中睡去，将战乱的困厄消解于梦中。那些没能领到布条的孩子，则一律蜷在大人怀里，嘴巴被母亲的奶头堵住，或被大人用手紧紧地掩捂住。

快逃吧！只有逃出去，才能活命。

拂晓时分，山谷间雾气弥漫，一只鹞鹰在云雾中出现，先是飞到棋盘垞，在那里盘旋一周后，又朝老君堂方向飞去。山间壅塞着雾絮，显得凄清而空寂。在鹞鹰状似巡游的俯视下，可见隐现的小路上，几位身穿灰布军装的人正在那里弯腰掩埋什么。他们或许怀了和鹞鹰同样的心境，不时伸长脖子，朝山下呆呆地张望。南山脚下，以及东侧山口，再次传来动静。哑寂半夜的炮声，此刻炸响起来。受了惊吓的鹞鹰拍拍翅膀，掉头向九莲山方向飞去。

雾气中，埋地雷的战士们齐聚一处，低声向刘福山做着汇报。

"连长，通往东、西水方向的地雷埋好了。"

"连长，管头那边的路上也都埋好地雷了。小鬼子敢上山的话，让他狗日的吃不了兜着走！"

刘福山几乎通宵未睡，皱巴巴的帽檐遮住了一双布满血丝的眼睛。

"在老君堂休息的战士们都集合齐了吗？"他问。

"正等着分派任务呢！"雾气中有人回答。

刘福山转身，拽着站在身边的指导员蔡展鹏来到一块儿突出的岩石旁。刘福山想将规划好的阻击计划，再次和蔡展鹏做一番商讨，嘴里说出的话，却成了直接的委派，没有半点儿商量的余地。

"指导员，你带二排和一个机枪组，去南山脚下，防住从界安方向过来的敌人，民兵小队归你指挥。就这么定了。我带一排和三排，去对付从管头村方向上山的敌人。"

指导员蔡展鹏沉默着。他是一个性格内向的人，平日，即便工作上和连长有了什么分歧，也只会憋在肚子里，再找一个合适机会来予以化解。此刻，他清楚地知道，聚集在正西方向的敌人，正是战斗力极为强悍的日军110联队。而他所要镇守的南山脚，面对的则是来自界安方向的日伪军，打起仗来，自然好对付。他无力与连长争执。因为此前他便和连长争执过一番。面对平时待他如兄长，脾气却十分火爆的刘福山，显然"争"是没有任何用的。

刘福山迅速带一排和二排冲下山去。

炮声有规律地响着。只听到一位埋伏在阵地上的战士说："敌人的飞鸡（机）也该来下几个蛋了吧？"他这样说着，翻转身子，仰面躺倒在阵地上，眯着眼睛，手搭凉棚朝混沌的天际瞭望。时间已是上午八九点钟的光景，若天气晴好，敌人的飞机真的就该来了——就像昨天那样，盲目地朝山谷投掷炸弹。炸死一头骡子不说，还炸死了几个不懂隐蔽的老乡。雾气尚未散尽，敌机不可能盲目地飞来。又听到一位战士说："咱们司令员可真是料事如神，不仅演了一出'围魏救赵'，还像诸葛亮能借来'东风'那样，搬来了大雾，让团长带着老乡们顺利转移了。咱们是不是也该给鬼子唱一出'空城计'？我稳坐城楼观山景，哪怕他鬼子发来十万兵……"那个战士说着，有板有眼地唱了起来。"别唱了！烦不烦？你倒有心情唱。也不知道团长带着老乡们走出去多远了，会不会被鬼子撵上。"另一个战士不耐烦地打断了他，语气充满忧虑。

"注意隐蔽！抓紧时间休息，补充体力。过一会儿，还有恶战等着你们。"蔡展鹏朝他们吼道。

他不想让这种忧虑的情绪，影响战士们的心情。他希望大战来临前，战士们能够保持一种乐观的心态。

周围安静下来。此时炮声也哑寂了。一枚泛黄的树叶，不知从何处飘落下来。蔡展鹏捡起那枚树叶，端在眼前，觉察到锯齿形的叶片正在瑟瑟抖动。微风摩擦着他的脸颊，果真起风了。风很快会将山谷里的雾气吹散。随着风的起落，随即响起一通杂乱的枪声。枪声响起的方向，正是刘福山前往的阻击之地。

上午 10 点钟左右，雾散尽了。一名战士忽然喊了一声。伸头一看，只见一名瘦小的战士正从坡下跌跌撞撞地跑上来。两名战士尾随在他身后，拖着一个负伤的人。

跑在最前面的那位战士，一脸惊慌，扑到蔡展鹏身前，未及开口，失声痛哭。

"指导员，连长——连长他负伤了。"

蔡展鹏心往下坠："咋回事儿？"

小战士想将事情讲个明白，怎奈越讲越乱。蔡展鹏呵斥了一声："别哭！没出息。"小战士这才止住呜咽，抽抽搭搭地说："我们埋伏在事先设好的阵地上，咋也不见敌人上来。听到北管头那边有动静，连长怕敌人从那里上山，便亲自带了两个班去侦察，结果便和敌人交了火，连长负伤了。我们抬着他回来了，其他的同志还在阵地上，这时候子弹大概也快打光啦！"

负伤的刘福山很快被抬上阵地。

蔡展鹏走过去一看，心迅速坠入谷底，刘福山的伤情，完全超出了他的想象：一张血肉模糊的脸，沾着草屑和灰土，右眼被打烂了，左眼糊满鲜血。往日那张黧黑粗糙的脸，现在好像蒙了一块儿怪异的红布。蔡展鹏轻唤一声，意识模糊的刘福山只略抬了一下手臂，搭在他的身上，嘴唇翕动，却口不能言。背连长上山的战士低声说："右眼打瞎了，骨头都炸出来了，是被枪榴弹炸的。就落在脚下，脚上的大筋应该也断了。"蔡展鹏紧紧握住刘福山的手，一瞬间泪湿眼眶。刘福山的嘴唇仍在翕动，仿佛有话要说。那个瘦小的战士攥着拳头，像在替他的连长解释，又像在顿足发泄："连长肯定在说，顶住，顶住！指导员，你快救救连长吧！再不救他，连长恐怕就没命啦！"

一发呼啸而至的炮弹落在阵地右侧，掀起的气浪，将蔡展鹏掀翻在地。他跟跄着爬起来，就势抱起刘福山，和战士一道，将他抬到一块儿山石后隐蔽。

埋伏在阵地前沿的战士迅速发来警报："指导员，敌人上来了！"

透过灌木，可以看见山下的茅草中穿黄色军服的日军。旋即，又有穿警服的伪军从岩石后闪身出来。一眨眼工夫，足有三四百人的队伍，密密麻麻齐集山下。大概因一时探不清路，他们不敢轻举妄动，只在那里团团乱转，好似一群蠢蠢欲动的蚂蚁。

仓促的交火，使蔡展鹏的心情变得更为焦虑。那名小战士始终在他身边啼哭。小战士一边朝山下开枪，一边发出哀鸣："指导员，快救救连长吧！再不救他，他会死的！团长交代的任务，不是让坚持到晌午吗？现在就该晌午了，乡亲们早该转移出去了。你不带着连长转移，你是想叫他死吗？"

小战士哭着说到最后，声音尖利，喉咙里好像堆满碎玻璃。

蔡展鹏无心责怪他，只是有些心疼和担忧。因为小战士的隐忧，恰恰也是他担心的。

事先埋设在山路上的地雷，起到了很好的牵制作用。经过第一轮冲锋后，敌人很快退下去了。交战后的阵地上，有了一次难得的喘息机会。蔡展鹏转到岩石后，去看躺在草丛中的刘福山。只见他身子已停止抽搐，蒙在眼上的纱布往外渗透着脏污的血水。他握了一下刘福山的手，感到那手传来一丝隐隐的悸动。蔡展鹏忽然起身，扯破嗓子大叫道："六班长！马宝玉！"

"马宝玉！六班长！"

寂静的阵地上，响起战士们一迭声的传唤。

一个敦实的身影迅速跑了上来，硝烟弥漫，看不清他的面庞，但他身姿笔挺地站在蔡展鹏面前应了一声："有！"

"马宝玉，现在情况危急，我要带着连长撤退。咱们七连，现在只剩下二排了，可二排，除了你们六班，其他都是新兵，我把机枪组留给你，让游击队的同志配合你行动。你带领六班，利用地形，将敌人引开，并拖住他们，能不能完成任务？"

"能！"

"你们想办法坚持到中午，然后看情况撤离，追上我们，明天到蚕姑坨集合。"

"指导员，你放心好了！我们六班保证完成任务。"

蔡展鹏本想再叮嘱几句，一扭头，只见马宝玉已跑出很远。他随即扯破嗓子大叫道："把所有地雷和手榴弹给六班留下！把尽可能多的子弹给六班留下！"

　　那位叫马宝玉的士兵跑过侧翼阵地，又弯腰冲过一段慢坡，这才直起腰来，站直身子，长枪戳在他的脚下。未等喘息，他便声若洪钟地接连喊道："葛振林！宋学义！胡德林！胡福才！"

　　硝烟弥散处，天空乍现湛蓝。从半人高的乱石后，随着一声声应答，现出四位战士的身形，以列队的形式，站在他的面前。

　　"连长负伤了！同志们，指导员把一项光荣的任务交给了我们六班，他要我们拖住敌人。同志们，有没有信心完成任务？"

　　"有！"

　　声音从四条喉咙里迸出，汇成一个声部，好似钢铁碰撞，发出金属的鸣音。

壮 士 现 身

上述文字，是我依据历史资料，以文学的样式，对当时场景的还原和描摹。这段文字，得到了编辑的首肯。而她却对接下来五壮士的成长经历，即五位壮士从少年到青年的成长过程，换言之——他们是如何从一名普通青年，成长为万众敬仰的英雄的过程，觉得挖掘得不够细致和深入。

投宿狼牙山的当晚，少年和我说起类似的话题。

他们分别叫：马宝玉、葛振林、宋学义、胡德林和胡福才……他掰着手指，如同说出那些超级英雄的名字，接着又问："他们是哪里人？他们都经历过什么？他们怎么就成了一名八路军战士？怎么就成了英雄？"

回答起来，我仍显得力不从心。

"你写这部书，难道不该搞清他们的成长经历吗？就像超人来自氪星，绿巨人是科学家布鲁斯班纳受伽马射线影响出现的另一个自己，还有蜘蛛侠，他只是一名普通的高中生……"

少年说起那些超级英雄，仍是口若悬河，却使我更觉尴尬，赶忙将他的话头打断："那些都是虚构出来的超级英雄。现实中的英雄，容不得半点儿虚构。他们都是像你我一样真实又普通的人。"

少年不以为然："这样的道理不用你说，我也懂。可既然是英雄，既然你要写一部有关英雄的书，总该找到他们不平凡的经历吧？既然是英雄，总该有人为他们做生平的记录。"

我理解少年的心情，理解他对英雄的那种墨守成规的想象，却只能告诉他："即便他们都是很优秀的人，做过不同寻常的事，却因处在艰苦的战争环境，没有人会为他们的生平做记录。像他们这样为新中国献身的勇士，当时无以计数。每一个为新中国做出牺牲的人，有的壮烈，有的平淡，有的甚至连名字都没留下。况且，时间过去了这么久……如果从1941年算起，到现在，已经近八十年了。就拿马宝玉来说，他生于1920年10月，跳崖牺牲时年仅二十一岁。如果能活到现在，整好一百岁。当今盛世，活到一百岁的老人比比皆是。一百岁的年纪，恰如一条九曲回环的河流，即便本人追溯自己前半生的经历，也会神思恍惚……最为关键的是，对英雄生平的记录和书写，通常离不开旁人的记忆或后世的挖掘。马宝玉牺牲后，一直到新中国成立后的1976年，才有相关人士开始做这方面的工作，进展却并不顺利……历史总是有缺憾的。这也正符合历史的本义，能让人直观地感触历史最真实的一面。"

我对少年说出这番话，马上又意识到落入了某种"僵化与刻板"的窠臼，赶忙换作一种直白的语气："五壮士成名前的生平和故事，特别是狼牙山之前的战斗经历，留下的资料很少，几乎是一片空白。如果要讲，也只能凭借后来人们搜集整理的一些资料，简单来讲一讲。"

"那就，先来说一说壮士马宝玉吧。"

在对五壮士的寻访中，我最先读到过一封写给共青团蔚县县委的信函。

这封落款于 1992 年 4 月 5 日，也即清明节当日的信函，出自《狼牙山五壮士》一书的作者之一李继光先生的笔下。在这封追忆往事的信函中，李继光先生讲了一段他的亲身经历。

那是 1976 年的金秋，上海少年儿童出版社的一位编辑，找到原广东军区某部，谈了准备出版一套青年英雄故事丛书的计划，其中便包括《狼牙山五壮士》。

部队领导经过研究决定，将这一项光荣的任务，交给了当时正在部队服役的李继光、谬永忠两位同志。

编辑之所以找到这支部队，也是因为这支部队的前身正是有着光荣传统的红一团。

这支从井冈山一路走来，立下赫赫战功的队伍，在和平年代，出于部队建设的需要，于 1985 年 10 月改编为七五二二一部队第八十一分队。随后，又经过六次编制体制调整，十五次换防。但其中的七连，仍将"狼牙山五壮士七连"的光荣称号保持下来，获得过"二级训练模范连""全面建设模范连"等荣誉称号。2009年，被四总部（总参谋部、总政治部、总后勤部、总装备部的统称）表彰为"全军先进基层单位"。自1993起，连续二十一年，被原广州军区、四十二集团军评为"基层建设标兵连队"。

时至今日，这支英雄的连队，每逢纪念日点名，都要从五位壮士的名字开始。

李继光先生在信中这样写道："接到任务后，我和谬永忠同志感到高兴和激动的同时，又感到肩上的担子很重。由于时隔久远，虽然我们部队七连的荣誉室里有很多资料，但许多地方仍有待重新考证和调查。特别是五壮士中的重要人物马宝玉，'连史''军博'中对他的记载，以及很多人的回忆，始终对他的籍贯没有一个明晰确认。有人说他是易县人，有人说他是容城人，也有人说他是山东人或陕西人。"

接下来，谬永忠、李继光两位同志，从广东部队驻地出发，踏上了为期四个月的寻访路程。

这应该是最初，也是最贴近五壮士的一次寻访经历。

他们辗转湖南、河北多地，采访到当年五壮士中的幸存者，以及各方的相关人士。最后又到北京军事博物馆查阅资料，仍无重大收获。其间经历的艰难，无须过多赘述……带着最后一线希望，他们顶风冒雪，来到张家口的怀来县和蔚县，并在当地民政部门的协助下，查遍所有资料，虽找出了几个名叫马宝玉的，却仍得不到结果。

正当他们抱憾准备打道回府之际，有当地人提供了这样一条信息。说在蔚县下辖的西合营村，有一位蔚县籍老战士，当年曾参加过狼牙山战斗。二人连夜前去拜访，凭借这位老战士依稀的记忆，再次找到一条新的线索。第二天，他们从县城租了两辆自行车，赶到一个叫下元皂的村庄。把村子里所有上了年纪的人都找来，问了一遍，仍没有新的发现。

正当二人徒劳叹息之际，只见一位老者站在窗外，始终一言不发，却又一副欲言又止的样子。他们上前问话，这才知道，老人耳背，只听见他们讲"马宝玉、马宝玉"的，却又不敢确定他们究竟在打听什么。经过进一步交流，这位老人告诉他们：他不认识马宝玉，却认识马宝玉的弟弟。

好事总是多磨。凭借老人提供的线索，李、谬二位同志顺利找到马宝玉的弟弟。而马宝玉的弟弟，对他的哥哥，却没有太多记忆。只是通过这位年逾六旬的老人，得知马宝玉还有一个妹妹，当时生活在河北沽源牧场，一时却很难联系上。

虽对马宝玉的生平事例了解不多，却最终能得以确定，英雄并非陕西人，而是——河北省张家口市蔚县下元皂人。

李继光先生在信函中这样深情地写道："当我们怀着激动的心情，离开英雄的家乡时，我们落泪了……我们含着泪，给蔚县民政局写了一封信，希望对英雄的家乡，以及英雄的亲人给予足够关注。尽管我们写的传记文学《狼牙山五壮士》只有短短七万字，但我们最大的收获，是找到了马宝玉的家乡。我们还给在狼牙山脚下守墓的老连长刘福山写了一封信，让他老人家，先将狼牙山烈士墓碑上依然写着的'马宝玉，陕西人'的字样，给予复正。我们的书，也于1978年1月，正式由上海人民出版社出版，共印刷二十万册，很快销售一空。后又被翻译成朝鲜文。"

掐指算来，距离谬永忠、李继光二位先生对英雄的寻访，倏忽已过四十几载。白驹过隙，世间风物人都改头换面，翻遍这本纸页泛黄、由谬永忠、李继光所著的小册子，英雄生前的事迹录之甚少。虽有这样的疑惑：1976年，距离新中国成立二十七年，何以对英雄事迹的挖掘如此滞后？甚而连英雄的籍贯也会在碑文中弄错？想想却也释然——熬过艰难岁月，终于迎来抗战胜利，随后又进入解放战争阶段。新中国成立，百废待兴，无数无名烈士音讯茫茫，根本无从查证他们的身世和姓名，出现这样或那样的遗漏，实属必然。

出于佐证的需要，还能从一份报纸原件中，找到另一处明显错误——这份当年创办于晋察冀根据地的报纸，全文登载了晋察冀军区政治部于1941年10月18日下发的一条"训令"，马宝玉的名字，被误写成"马宝林"。仔细想想，这并非因马虎而导致的疏漏，恰恰反映出抗战年代条件有限。这样一个"错误"的细节，也很能说明这篇报道未经任何雕琢与渲染，真实地呈现出战争年代的原始风貌。

英雄籍贯的错误，历经数年才得以纠正。但在苦寒的沽源牧场，在英雄的妹妹马宝英老人早年的记忆里，他的哥哥，却不会被轻易遗忘。在来狼牙山采访之前，我曾去过一趟蔚县。马宝英老人早已作古，英雄的其他亲人也一时无法取得联系。我从蔚县县委宣传部那里，找到一些资料。

河北蔚县，旧时应属苦寒之地。马宝玉十岁时，家中遭逢变故。他那刚近"知天命之年"的父亲，有天赶集回来，忽然患了肚子痛，寻医问药，却哪儿有妙手回春的良医可寻，便活活痛死在炕上。父亲死后，又过了两年，愁肠百结的母亲，丢下十岁的马宝玉，七岁的马宝英，以及刚刚两岁的弟弟，撒手人寰。将三个年幼的孩子，丢给她的公公抚养。

为了不至于饿死，十岁那年，马宝英被送到上康庄，给一户张姓的人家做了童养媳。

在一篇由人代笔、马宝英口述的纪念哥哥的文章中这样写道："到了上康庄，吃罢晌午饭，爷爷和哥哥便要走了。俺的心里难过极了。眼泪珠子一个劲儿滚落。俺的宝玉哥说：'妹妹呀，你好好的吧，哥哥一定会常来看你。'"

旧年的蔚县，在马宝英的记忆底片中应该夏季短暂，绿意仅存，其余时间皆被茫茫白雪覆盖。年幼的她，虽不至于被婆家人欺负，但一个寄人篱下的童养媳，被当成一个廉价的劳动力使唤，想来也是必然。每天除了洗衣做饭，推碾磨面，去地里薅苗子拔草，看果树园子，夜晚还要凑在油灯下做那永远也做不完的针线活……有一次犯瞌睡，她的头发被油灯燎去大半，竟也不觉。这样的日子，对一个年仅十岁的女孩来说实属难挨。更为难挨的，却是她对家人的想念。夏天在地里干活，她总会跑到坡岗上，看那条通向远处的小路上，会不会出现一个熟悉的身影；下雪天，路面被雪掩埋，她也要跑到村外，站在一棵老榆树下，看她的哥哥，会不会冒雪前来。

最初嫁人的那几年，哥哥果不食言，隔三岔五总会来看她。每次来，妹妹一肚子苦水说不出口，泪水却会像断线的珠子，一串儿串儿在脸上滚落。哥哥一走，妹妹便会后悔——觉得自己咋恁不懂事儿，老是在哥哥面前哭哭啼啼，让婆家人疑心她说自家的坏话不说，还会让哥哥那颗惦记她的心，始终难以放下。

后来，哥哥来的次数便少了，让妹妹有了一种被家人抛弃的感觉，从而会觉得自己更加可怜……后来想想，当年爷爷岁数越发大了，家里的几亩薄田，都要靠哥哥一个人莳弄。一个十三岁的男娃，对付那几亩薄田就已够他受的，又哪能抽出更多闲空，赶几十里路，来上康庄看她呢？说实在的，马宝英当时还曾在心里记恨过哥哥，抱怨他薄情寡义，整个秋天也没来看她一次。等到这一年冬天，左等右等，仍是不见哥哥的身影，却最终等来爷爷离世的消息。

马宝英跟在报丧人身后，边走边哭，冒着大雪回家奔丧，一个不慎，掉进沟里，弄丢了一只鞋子。她只能光着脚，一步一步朝家里挪。远远看到哥哥，哥哥也远远地看到了她。哥哥愣了一瞬，显然看出她走路异样，便径直奔来。没膝的大雪几次将他绊倒，埋身雪中，他一步步爬到她脚下，先是将她的脚焐在怀里，后又经大人指点，用雪给她揉搓……爷爷下葬，哥哥将自己脚上仅有的一双鞋，塞了麦草，给她穿在脚上，再用麻绳系牢。而他自己穿了什么，却被她忘了。只记得，葬了爷爷，是哥哥背着她，一路将她送回了上康庄。

爷爷一死，家也就败了。家里的三间草房，连同五岁的弟弟，一同过继给一位本家叔伯。马宝英觉得自己一夜之间长大了。即便在婆家受点儿委屈，那又算得了什么？真正委屈和可怜的，应该是哥哥。他孤身一人，为了活命，不得不去蔚县城关的一家点心铺子当学徒。从此以后，也就只有她这做妹妹的惦记他了。

哥哥当学徒，据说吃过不少苦。虽不经常回下元皂（那里已没了他的落脚之地），但一两个月，总会来一趟上康庄。每次来，总会给她带一块儿糕点，揣在贴胸的口袋里。看着她吃完，他才肯离去。马宝英老人这一辈子山珍海味从未吃过，现在想想，哥哥当年带给她的糕点馃子，也算这世上难得的美味了。

这一年入秋，听说日本鬼子打过来了。有天晚上，哥哥忽然从蔚县县城跑回来。半年多未见，马宝英打心眼儿里喜欢。她发现哥哥比上次见面时，个头长高了，身材也更"魁实"了，似乎也比以前说的话多了。他说，因为日本鬼子占了蔚县城，掌柜的点心铺子开不下去了，铺子里的伙计各自遣散回家了。他说，别看日本鬼子打进了咱中国，但他们是秋后的蚂蚱，日子长不了！咱们中国人可不是好欺负的。他说，听说中国有打日本鬼子的红军，他们可好嘞，不打人不骂人，专为穷苦人撑腰。他还说，要是咱这儿也有红军，那可就好了。

听哥哥说了这么多的话，做妹妹的只顾高兴，却全然没有在意他的心思。

过了几天，哥哥又来了，好像来专门告诉她：本家叔伯不待见他，吃饭只会给他后背看，整天一句话也没有。他在别人家的屋檐下日子实在过不下去……他见妹妹难过，便不再诉说自己的苦楚，只叮嘱她道："妹子，你要学会自个儿照顾自个儿。等以后有空儿，哥还会来看你。要是不来，你也不要等哥。等你长大了，日子也就好过啦！"

哥哥所说的这些话，年幼的马宝英自是不能理会，只是一个劲儿点头。

想不到，那竟是她和哥哥见到的最后一面。自那以后，她便再没了哥哥的消息。跟人打听，这才听说，哥哥好像参加了红军。蔚县那边来过红军，下利台村、西合营村那边，也都曾驻扎过红军。

马宝英带上干粮，几次去那里寻找，却不见哥哥的影子。那里早就成了日本人的天下。

"俺的宝玉哥，你在哪里呀？俺天天盼，日日想，终究等不来你的消息。好不容易盼到日本鬼子投了降，蔚县第一次解放。听说大路上正在过咱的部队，俺就起大早跑到大路边去看，只见一队一队，那么多队伍，俺一个一个用心看那些队伍的脸，可是，从早看到晚，看了一队又一队，始终也没能找到你。"

"顽固军（国民党军队）占了蔚县，俺哥的下落就更不好打听啦。俺就每天烧香祷告，保佑俺哥平安。"

"蔚县第二次解放，俺又到有咱队伍的地方去打听，心想找到了他，俺就能痛痛快快哭一场。可是，每次都是心急火燎地去，心灰意冷地回。"

"后来，听人风言风语说俺的宝玉哥死了。但是死在哪儿了，又是咋死的，没人能说清楚。俺对那些说俺哥死了的人，简直恨透了。他们为啥要说俺哥死了哩？这不是咒俺哥吗？俺认为俺哥绝不会死，说不定哪天，他就会骑马挎枪来看俺。"

从马宝英的口述文章中，能够得以确认马宝玉参军的时间，应该是 1937 年 10 月。平型关大捷后，杨成武带领独立团一营、三营，乘胜北上，光复蔚县全境。马宝玉当时在西合营镇，随当地四千名热血青年一道，报名参加了革命。

无需用所谓文学的笔调，来描摹马宝玉当年参军时的场景。可以推断，马宝玉当时参军的心情，应该是渴望而迫切的。他之所以未能回乡同妹妹道别，应该是为了跟上队伍的脚步；又或许，对于接下来的"革命"，他并未做好充分的心理准备。在他的心里，还没有一个确切的革命蓝图；他并不知道，一旦加入这支队伍，将会踏上一条艰苦而漫长的征程。当时他只会认准这样一个道理：只要紧跟了这支队伍，才会有好日子过。

穷苦的原因究竟何在？为什么他的家庭会屡遭变故？为什么他无力抚养年幼的弟弟？这莫非都是命运使然？可又是为了什么，凭他百般的努力和关爱，却很难让可怜的妹妹过上好一点儿的日子？

当年，这个令普天下劳苦大众深感困惑的问题，会一直困扰马宝玉。"穷苦"也是一种觉悟。他带着这种觉悟，在部队无疑会保持一种上进的心态。

独立团扩编为"独立第一师"后，马宝玉被分到一团。从时间上来推断，他应该参加了1938年5月远征冀中的战斗，10月发生在阜平的东西庄战斗，1939年攻打大龙华据点和雁宿崖、黄土岭的战斗以及1940年晋东南战役和百团大战的"涞灵"战役……慢慢懂得更多革命道理的马宝玉，1939年入党，同时被任命为六班班长。

遍查能够找到的所有资料，很难见到马宝玉在这些战斗中勇敢的身影。也无须再用文学的笔调，编纂一个个有关他的战斗故事……在众多类似文学情调的描述中，能清晰确认他的轮廓：中等个，肤色略白，性格内向，不爱说话。

但我仍想借助文学的力量，虚构一下这位性格内向的战士，对他远在家乡的妹妹的思念。

无疑，在马宝玉心中，对妹妹的惦念尤为强烈。四年的时间，漫长艰苦的战事常会使他无暇旁顾，冷不丁的，一个女孩跋涉在雪中的场景，却会时时出现在他的眼前。那是行军转移的时候，还是战斗间歇的时候？是白天站岗的时候，还是夜里睡下的时候？无疑四年时间，他无法忘掉妹妹。每当想起，却只会记住她头发焦黄、流清鼻涕的小时候的样子。行军途中或在宿营地，每当遇到一个十三四岁的小姑娘，马宝玉便极有可能将她错当成自己的妹妹。有了这样的参照，妹妹的形象，一度在他的印象里变得更为模糊。

还是用虚构，来搭建这样一个场景吧：无论在狼牙山区，还是在苦寒的北岳山地，每逢天降大雪，马宝玉便会褪掉鞋袜，赤脚站在雪地里……

没有人会理解他的这样一个怪异的举动。这个由虚构任意设计的场景，甚而缺乏最基本的可靠性。

这个叫马宝玉的战士，或许只能通过这样一个举动，才会牢牢记住他今生无缘再见的亲人。

关于葛振林，我曾经从网上搜索到一张极为珍贵的历史照片，并对此留下了非常深刻的印象。这张被命名为《英雄归来》的摄影作品，出自当年一分区的宣传干事刘峰之手。

照片中，年轻的葛振林肩扛长枪，瘦削的脸颊英气勃发；紧抿的嘴唇，透露出性格中的温厚与倔强。后来，借助余药夫先生所著《葛振林的童年》一文，能大致摸清葛振林童年与少年时期的成长脉络。

1917年，葛振林出生在河北省曲阳县党城乡喜峪村。由字面解读，这个带有喜庆之意的小山村，应该赐予葛振林更多美好的童年记忆才对。

其实不然。正如所有的传奇中，壮士自幼便要尝尽世间的疾苦那样，葛振林幼年生母早逝，打小便失去庇佑。因饥饿经常乱吃东西，他常常会拉肚子。每逢拉了肚子，外祖母便以一块儿烧饼，佐以几瓣大蒜为他疗治。烧饼解馋，自然会让他的病痛退去大半，大蒜更有祛除病菌之功效……多年以后，想必生活在湖南衡阳的葛振林老人，仍会以半开玩笑的方式，对他的晚辈讲述这样一种被他认为有奇特疗效的偏方。

"割草"这种看似简单、实则苦累至极的农活，是葛振林永远也忘不掉的。七岁那年，他开始独自上山割草。除了喂养家里的牲畜，还要将晒干的青草背到集市上售卖，换来零用钱补贴家用。等再长大点儿，葛振林便担负起了养家的重任，跟随体弱多病的父亲，去二十里外的灵山驮煤贩运。

有一次父亲染疾，无法下炕行走。正值煤炭销售旺季。十三岁的葛振林不声不响，备好驴驮，决意自己一人出门送货。父亲放心不下，不让他去。葛振林却轻松地说："怕啥，赶集的路我熟得很，闭着眼也能走回来。"

卸完煤，天已黑透。葛振林走在回家路上。毛驴脚下打滑，忽然顺坡跌落土崖。葛振林下到崖谷去看，见毛驴前蹄崴伤，无法站立。

夜已深，放心不下的家人纠集乡邻，打着火把出门寻找。找到那处崖谷，见葛振林身穿单薄衣服，倚着驴腹呼呼大睡。手中紧攥一根木棍，想必是要靠它防身。众人见了，不禁倒吸一口凉气。觉得这孩子真是天不怕地不怕，竟敢一个人护着毛驴，睡在这野狼出没的崖谷，真是吃了豹子胆。

1937 年，日本人进驻灵山，在党城一带修筑炮楼。党城设有一处集市，即便兵荒马乱的年月，人们也要苟活，离不开集市这种以物易物的场所。靠近党城附近，有一条沙河，是周边村民赶集时的必经之路。往年的沙河，春冬季节干涸，夏秋之际河水暴涨。这一年夏季，因为少雨，河床虽有浅流，却裸露出大片细软的沙滩。沙滩旁有成片的白杨树，浓荫如盖，成了一处消暑纳凉的好去处。乡民们赶集回来，必会停下来在此歇脚。也有精力旺盛的年轻人，光着身子，下河洗澡。洗完澡技痒难耐，因此地素有尚武之风，便常有争强好胜的年轻人，以村为单位，两两成对，在这里比试摔跤。

忽有一日，一对跤手刚刚分出胜负，获胜的那方，以前屡战屡败，这次好不容易赢下对方，却听不到同村人为自己击掌相庆，不禁感到纳闷儿。抬头一看，见众乡亲一脸惊恐，傻呆呆地站在一旁。四五个穿夏装的鬼子，已将两名跤手团团围住。其中一个军官模样的人，一脸坏笑，怪模怪样地伸手，左手勾着，朝获胜的跤手挥动，右手指一指自己身边的日本兵，两根手指顶在一处，一番缠斗，用夹生的中国话说："你们两个的，比试比试。"

众人随即心里明白，原来日本军官有意安排他的部下，同中国乡民来一场摔跤比赛。再看那位被选中的日本兵，身材虽然矮矬，扒掉上衣，却露出一身腱子肉。此时正一屁股坐在沙滩上，一边解绑腿，一边用挑衅的目光盯着对面的跤手。

再看先前获胜的那位乡民，虽长得人高马大，却已脸色煞白，丧失了斗志，又何谈获胜。三两个回合不到，便被日本兵来了个抱摔。

那名日本军官，大概是一名狂热的相扑爱好者。自此便常见他带领手下，等在河滩渡口。每有附近的年轻村民打此路过，便会被强行拦下，比试摔跤，以取胜为乐。因屡战屡胜，自然兴致高昂。参赛选手屡次更换，队伍竟一天比一天壮大起来。为锻炼技艺，平常也总能看到几个日本兵，赤身裸体，或胖或瘦，系一块儿兜裆布，躬身撅腚在沙滩上练习摔跤。想必那摔跤项目，会一度成为日军日常的作战训练课目。

这一天，葛振林赶完集，和一位同村人结伴回家。路经河滩，远远地看见日本兵冲他们招手。身边那位长者悄声嘀咕："小日本儿，又想找人比试摔跤呐！真是蹬鼻子上脸，凭他们三块豆腐高，要不是手里有枪，我这老头子就能摔他一个马趴……振林呐，你可要沉住气，实在躲不过，也要想法子认输，可千万不能赢。这帮不要脸的小日本儿，赢了高兴，输了会找碴儿打人。前天邻村有人摔跤赢了他们，就被暴打了一顿。好汉不吃眼前亏，咱可不要跟小日本儿一般见识。"

葛振林抿紧嘴唇，一言不发。

想躲，自然是躲不过去的。当相扑手打扮的日本兵站在对面，葛振林只是直挺挺地站着。日本兵挥手一拳，捣在葛振林的肩头，这次竟然用的是散打的招式。葛振林身子趔趄，倒退一步。眉心微蹙，看了对方一眼，慢慢脱掉汗衫，弯腰半蹲下身子，脱去脚上的布鞋。怒目圆睁，始终不错眼珠地盯着身前那位跳蚤般蹦跳不止的日本兵。倏地光脚岔开马步，双手以拳作势，摆开一副缠斗的架势。

此举令所有在场的日本兵亢奋起来。因前几天与他们交手的中国人，大多一副颓势，不是身形僵硬，被他们强行扒掉上衣；便是交手时不见进攻，只有招架之力。屡次获胜，已让他们觉得很不过瘾，他们更想来一场势均力敌的比赛。

再看眼前这位二十来岁的小伙子，不卑不亢，脸上不见半分惧色。精瘦的身材虽不算强壮，却也肩宽臂长，汗水在黝黑皮肤上凝成汗粒，恰似一颗颗钢珠———一眼便能看出是个不容小觑的对手。

日本兵跃跃欲试，出手一拳。葛振林闪身避开。如此往复，日本兵进攻的招数愈见凌厉。

葛振林的心情毕竟有些紧张。他上身微倾，以右脚做轴，身子缓缓移动。等日本兵再出一拳，挡开之际，却被日本兵一脚踢中，踏得他连连退了三步。

观战的日本兵爆出一阵欢呼："吆西！"

驻足观望的老乡越聚越多，却都保持着沉默，脸上是一副惊慌木讷的神情。同村的长者不禁为葛振林捏了一把汗，小声喊道："振林！小心哟……"话中除了担心，似乎也有规劝之意，提醒他放弃同日本人的对抗。

葛振林抬手抹了一把额头的汗水，闪躲与进攻间，他的身体已渐渐变得灵活起来。接下来的几个回合，双方互有攻防。观战的日本兵个个神情凝重，一时间陷入沉默。倒是围观的老乡，不时会发出一声声喝彩。喝完彩，又感到害怕，冷眼观瞧，发现观战的日本兵并没躁怒，完全被眼前的比赛吸引，这才松了口气。

日本兵再次发出一阵"吆西"的欢呼声。

定睛看去，原来葛振林已被对手拦腰抱住，托举在半空。摇摇欲坠的样子，叫人把心都提到了嗓子眼儿。几个观战的孩子，更是捂着眼睛，不敢看。等鬼子的欢呼声平息，猛然听到老乡们爆发出一声声喝彩。抬眼，见葛振林虽处于劣势，却并未甘拜下风，两只胳膊紧紧缠住日本兵的肩膀，双腿如藤蔓，死死卡在日本兵的腰上。几番缠斗，两人同时扑倒在地。葛振林迅速挣身，骑坐在日本兵身上，膝盖顶住对方的腰眼，将其胳膊反扭在身后。日本兵身子打挺，挣扎一番，终于精疲力竭，脸埋在沙土里一动不动。

观战的日本兵没了声息。

老乡们不禁再次喝起彩来，随即又赶忙噤声。

日本军官一脸阴沉，叽里咕噜骂了几句。两名日本兵挺身而出，扒掉上衣，将葛振林围住，想用围攻之势，为自己的同伴挽回颜面，却被从沙滩上爬起来的日本兵阻止。三人一番吵闹，最终被军官喝止，一行人随即悻悻离去。

有观战的老者说，尚武之人历来讲究公平之道，可见那位败在葛振林手下的日本兵，应该明白其中道理，做事也算讲究。由此看来，平日蛮不讲理的小日本儿，你越是怕他，他越会欺负你；像咱们葛振林这样，不畏不惧，公平和他比拼，倒能赢得对手的几分尊重。

众多回忆文章中标注葛振林入伍时间为 1937 年。实际上，刚刚入伍时他并未加入一分区的队伍。

1937 年 11 月，晋察冀军区第三分区成立。当时三分区所管辖的核心地区，并非后来的唐县，而是曲阳县灵山镇。1938 年夏，三分区司政机关转移到曲阳县的下河镇，后又在道里村驻扎。这个叫道里的村子，紧挨着喜峪村，葛振林应该是在那一段时间在此地入伍。

1938 年 1 月 1 日，第三分区由新一任领导接任，随即在紧邻曲阳县的完县，成立三分区主力第十大队。将原来的完县、满城、唐县、曲阳的部队编入其中。1938 年底，根据晋察冀军区统筹安排，杨成武所属部队的一分区二团，划归给尚未成立主力团的三分区；作为友情交换，三分区所属的一支一千多人的队伍，划拨给一分区。葛振林应是此时，成了一团二营七连六班的一名战士，并很快被任命为副班长，1940 年入党。从入驻连队的时间上推算，入党时间应略晚于班长马宝玉。

但壮士注定会成为一名壮士。

葛振林终将凭借他倔强的性格以及温厚的性情，成就其一世的英名。

晚清以来，可供查证的地方戏种类分布在河南境内的有四十五种之多。在这些灿若明珠的剧种里，有一种地方戏或许你并不知道——怀梆戏。如此拗口的名字，起源于一个貌似繁华的地域.怀庆府。虽说名里有一个"府"字，从字面解读，本该是繁华兴盛之地，可实质却因天灾人祸，早已赤地千里。到了民国，干脆将一条河流的名字赐予它，更名为沁阳。

毕竟"心怀难了"啊！所以这由"围桌说唱""祈雨降福"的形式演变而来的剧种，便一直流传到今天。包括它的乐器，好像只属于这一个地方；它的唱腔与念白，仍旧遵循古怀庆府的方言发音吐字。你看你看，如此小众，竟也会迷倒众生。让生养在此地的人，打小就懂得什么样的襟怀是家国忠义，什么样的性情是威武不屈。

宋学义打小便痴迷怀梆戏。

他尤其爱看武戏。小小年纪，对《两狼山》《樊梨花征西》《七郎八虎闯幽州》等剧目，简直如数家珍。《杨家将》中的烧火丫鬟杨排风，将几百斤重的大鼎高高举起，在舞台上疾走如风，他看得目瞪口呆。到了年龄稍大一些，有天去邻村看戏，路过一家演武堂，见一位膂力惊人的汉子，正将一具石锁抓在手上，挥来舞去，状如杂耍。等那汉子走开，他便悄悄凑了过去，抵近那石锁，想要效仿人家。可等他抓住石锁的手柄，猛地起身，石锁非但纹丝未动，反倒将他拽倒在地。原来那石锁，竟是个欺软怕硬的家伙。它怎么不敢驯服一个大人，却偏偏要欺负一个羸弱的孩子？

从那时起，宋学义便立下一个志向：要成为一个力大无穷的人。有了力气，才不会被那石锁"欺负"，也就不会被这世上任何一样东西欺负。

十一岁那年，宋学义去给别人家放牛。此时欺负他的，已不再是什么石锁，而是可怕的饥饿。饥饿如影随形，似一头猛兽掏空他的肠胃，吞噬他身上仅存的一点儿力气。此时的宋学义，大概已明白，用力气根本无法将饥饿打败，反倒是越饿身上越没力气。唯有将东家给的一点儿可怜的干粮——一块儿硬窝头或一坨隔夜的饭团吃掉，方能将饥饿驯服，自己身上，才会长出一丁点儿力气。

那点儿寒酸的口粮，宋学义却是不舍得吃掉。当他像老牛反刍一样，将一小块儿干粮放在唇齿间咀嚼，便会不由想起在家中忍饥挨饿的妹妹们。家里早已断粮，妹妹们饿得面黄肌瘦，有时会趴在灶口，从灶灰里翻找观音土，吃得嘴巴黢黑，而后涨得肚腹难受。

他左右为难，最后竟效仿老牛，嚼些微甜的草根，吃些酸麻的野菜，即便吃得呕吐，吐出黄连一样的苦水，也要将攒下的干粮，抽空送回家中。

少年宅心仁厚，却难以将他的家人拯救。这小小的善举，仅能让妹妹们暂时止住哭泣；仅能让母亲的脸上，露出一丝愁苦的笑容。

干旱席卷整个豫南大地。有人开始出去逃荒。据说通往山西的大路上，出现了无数饿殍。乌鸦蹲伏在路旁的枯树上，等着逃难的人饿毙路旁；野狗肆无忌惮刨开浅浅的墓穴，将逃荒人腐烂的尸体撕扯得七零八落。但凡有一口吃食，谁也不愿踏上那条状似黄泉的路。

有一天晚上，宋学义的家人已两天粒米未进，饿得两眼发黑，躺在土炕上等死。宋学义忽然从外面跑回来，手上拎着一只破瓦罐。瓦罐里盛的食物，发出一股酸腐的气味。宋学义的家人顾不了许多，将食物争相吃光。第二天，宋学义又提回一罐食物，他的家人这才知道，瓦罐里盛着的原来是东家喂狗的馊粥。

即便是喂狗的东西，也是不可以偷的。没过几天，宋学义便被东家打发回家。没了替人放牛的活路，等于断了赖以活命的口粮。

终日被饥饿折磨的宋学义，无奈之下，只能跟大哥前往焦作，当了一名挖煤工。高粱面窝头虽能填饱肚子，一个十二岁的孩子，又哪能对付得了矿井下的劳作。成为一个力大无穷的人，便再次成了宋学义的志向。他虽然知道，劳苦人只要有使不完的力气，就会不饿肚子；可身强力壮的大哥，以及那些膀大腰圆的矿工们，咋就不能凭力气让一家人吃得饱饭？

这似乎是一个难解的谜题。直到 1933 年，煤矿工人为争取利益和英国矿主开展斗争。在罢工组织者的讲解和启发下，宋学义这才知道世上有一种叫"剥削"的东西。它便是那个使他饥饿、夺走他力气的家伙。虽有这样的觉悟，宋学义仍是一知半解。罢工失败后，他和大哥被遣返回家。此时，成为一个力大无穷的人，仍旧是宋学义最大的志向。

1934 年，宋学义在沁阳城一家面铺，找到一份蹬大箩的工作。豫南地区盛产小麦，打下来的麦子，多被面铺收购，由蒙了眼的毛驴拖动石磨，将麦子碾碎，放进一种脚蹬式的筛子面箩里。所谓"蹬大箩"，便是由人工筛出糠麸，箩出精细的面粉。有一句在当地流行的谚语："看你忙得像脚打箩"，便十分形象地道出这种劳作的强度。

宋学义起早贪黑，干着收磨、蹬箩、择面的工作。他的面前，堆积着小丘一样微黄的面粉，却仍旧缓解不了腹中的饥饿。好在饿得实在受不了时，能将一口面粉偷偷塞进嘴里，用唾液濡湿，吞进肚去。虽尝不到熟馍的香味，却也能咂出一丝醇厚的甘甜；更好在，那家面铺的主人，虽是个累死人不偿命的主儿，却在饭食上并不苛刻。麸糠掺少量面粉，经过发酵，蒸出来的窝头又香又软，能尽量让伙计们吃饱。

能够吃饱饭的宋学义，这才感到自己一天比一天强壮起来。每一个晚上，力气都会像泉水样一悄悄在他的体内涌涨，而后又在黎明即起的劳作中，一点儿点儿耗尽……潮汐般生出的力气，却只够用来对付白天的劳作，所以他的骨骼未能得到很好的发育，精瘦的身材，也没有太多肌肉。

这样的好日子，终不能维持太久。宋学义十六岁那年，沁阳再次遭遇大旱，庄稼颗粒无收，即便往年生意兴隆的面铺，也因收不到麦子，关张歇业。大哥去了大同煤矿，杳无音信。父母实在没辙，只能带领全家，随着逃难的人群，踏上去往山西晋阳一带要饭的路。

日食百家，夜宿破庙不说，单说这要饭，即便碰到肯施舍的主家，又怎奈逃荒的人数太多，再菩萨的心肠也难免凉薄。往往一家人辗转一天，也难将盛残羹的瓦罐填满。遇到的不是屋门紧闭，便是冷眼驱赶。无奈之下，一家人只能分作两路。一路是宋学义和父亲，箩筐里挑上刚满四岁的妹妹，专往那人稠路远的村庄里走。能找到零活儿，宋学义还会用他的力气，换回些薄酬；另一路，则由大妹领着得了"气蒙眼"（青光眼）的母亲，就近兜转。一家人清早分开，晚上在约好的地点重聚。

大哥不在，年龄最长的宋学义，必须要为父母分忧。后来他便只身一人，去更偏远的地方流浪，或是讨饭，或是打零工，等攒下一些吃食或钱物，便返程送给家人。其间的辛苦不必多说，单说走到济源一带，他又累又饿，昏倒在路旁，被一位讨饭的老汉搭救。那老汉说："小子，不如你去当兵吧。我听说穿了军装，就能吃上军粮，拿到军饷，还能得几块大洋的开拔费。有了这些大洋，不但你能活命，你的家人，也能活下去了。"

就这样，宋学义便当了兵。

当兵这种途径，想必更能贴近他最初的志向。细究起来，却令人颇感无奈。他第一次选择当兵，只是为了填饱肚子，并能解救他身处饥饿中的家人。

1938年春，从河北参加武汉会战的日军途经河南，沿途各县沦陷，政府官员和国民党军队纷纷西撤，看到有大批河南青壮年，聚集在河南北部与山西南部一带，国民党军便打出"一穿军装便吃军粮"的口号，使得一大批青壮年动了心，他们成了国民党军的新兴力量。这批河南青壮年，被当时国民党军第一战区所辖的冀察战区收编。据说冀察战区并没有条件履行承诺，拨付的开拔费，总共只有几千元，平均每人不到一元，因而引起新兵哗变。只有一些老实巴交的河南汉子，随了朱怀冰的部队开拔。那些拒绝开拔的闹事儿青壮年，后被动员参加了八路军，成为太行八路军的组成部分。

成为"壮士"的路途上布满荆棘。命运注定会让他经历这样一番曲折。当初为活命，为了几块大洋，宋学义选择参加朱怀冰的部队。但等到部队开拔，他也未能得到先前承诺的"数块大洋"，只得到一张"欠条"。家被日本人占领，显然是回不去了，况且宋学义的家人当时也没有着落。在国民党的部队里，不管咋说，也能让他吃得饱饭，总比做一个叫花子更让人待见。而且那张盖着红戳的欠条，让宋学义有一种幻觉：身在军队，它便等同于数块白花花的大洋；离开军队，它便形同一张废纸。

就是抱着这样一种心态，宋学义成了一名国民党士兵。从属问题无须争论，一个农民变身为一名士兵，必须经过不可或缺的磨炼。在那短短数月的从军经历中，怀有侠义胸怀的宋学义，还是学到不少本事。他学会了怎么用枪，学会了怎么打仗，他从一个身材瘦弱的少年，迅速蜕变为一名强壮的青年。

困扰他的，不仅是那笔迟迟不能兑现的开拔费。在国民党的队伍里，除了说话不算数不说，军官责骂下属，下属欺负新兵的现象时有发生，和当时社会上的风气毫无二致。更令宋学义感到困惑的是，当他参加过几次类似战斗的冲突后，发现自己面对的，竟然不是令他痛恨的日本人，而是和自己一样的中国人。那些操河南口音喊话的人，无异于他的兄弟。宋学义想不明白，放着欺负到家门口的日本人不打，兄弟咋就起了内讧？听一位河南籍的老兵讲，对面是八路军的部队。老兵有一个同村弟兄，就在八路军的部队当兵。那个部队好着呐，长官和下属亲如家人，同吃一锅饭，同睡一张铺；对老百姓更是秋毫无犯，是一支专为穷苦人打天下的队伍。

1940年3月，国民党军队与太行八路军发生冲突，首先向太行八路军开战，力量薄弱的太行八路军不敌。在八路军总部的统一调度下，晋察冀八路军、晋绥八路军，纷纷派出自己的主力部队，开赴晋东南参加会战，史称"反顽战斗"。此战，歼灭朱怀冰的九十七军部队，俘获大批士兵。

一张欠条，使宋学义成了被俘士兵之一。

"为穷苦人打天下的队伍"是一支怎样的队伍？正是凭借这样一种好奇，被俘后，宋学义并未选择回乡，而是执意留在这支部队，成了一分区一团所属的一名战士。此时他的家人已杳无音信。宋学义抱定一个心态：自己回去又有什么用呢，仍是要忍饥挨饿，留在这支为穷人打天下的队伍里，等于在为家人排忧解难。等赶走了鬼子，穷苦人得了天下，再去寻找他们不迟。

在七连六班，宋学义虽来得最晚，却早已是一名胆识过人、骁勇善战的合格战士。他沉默寡言，专注于苦练杀敌本领。此时，"力气"已不再是令他极度渴求的东西，他发现了一种能使人更为强壮的东西——那便是识字。部队上那些识文断字的人，看上去虽手无缚鸡之力，却能讲出很多新鲜的道理，令那些强壮鲁莽的士兵心服口服。所以"识字"显然比"力气"更强大。他认为那些横短竖长、撇捺宜伸的字，俨然是那些文化人的口粮，能识好多字，就能成为一个令人佩服的高人。

自此，宋学义便迷上了识字。

当时连队的学习场所，叫救亡室。每到一处营地，每个班都要专门布置这样一个救亡室。教员风趣地说："战士们每认识一个生字，就等于消灭了一个鬼子；每弄懂一条科技或文化方面的知识，便相当于攻克了敌人的一个据点——这是一件多么妙趣横生的事情呀！"

习字所用的纸笔，实在稀缺。连队统一下发的本子，班里多用来做记事本，根本没有多余。况且那种本子，大多用麦秸纸装订，纸质又黑又糙，每一张纸上，都会粘附一截截麦秸，稍不小心，便会将整张纸弄破。战士们亲眼看见，连长、指导员听报告做记录，一般都默默记在心里，除非事情实在重大，担心出现疏漏，才会记在一张烟纸宽窄的纸上。正面写满字，反面也写满了字。等到将任务摸清吃透，那张纸又舍不得扔掉，便当做礼物送给吸烟的人，让他们美美地卷一根烟抽。

条件如此艰苦，又怎能满足战士们习字的需求呢？这样的困难，难不倒宋学义。每到一处营地，他便主动帮忙去布置救亡室。从沙滩上挑来一担沙子，铺在地上，堆起一个沙盘。全班战士围坐在这块儿沙盘旁写字，互相纠正，妙趣横生。况且这种沙盘，不仅解决了纸张短缺的问题，还解决了没有笔的困难，随便折一根树枝，就能成为如椽巨笔。不管写好写坏，都免了糟蹋纸的遗憾。只待将沙盘写满字，抬脚将沙子抚平，便又变成一块儿全新的纸。

如鱼得水的宋学义，俨然已实现了他小时候的愿望。他在这个纪律严明、团结友爱的队伍里，得到了一种新生的力量。

他似乎把他的家人给忘记了。

在部队上，他很少提及他的家人、提及他的过往。随着抗战深入，宋学义或曾想过：他再也回不到他的家乡去了，从此再难见到他的亲人。但那又有什么？自己在部队扛枪打仗，流血牺牲，所付出的一切，不就是为了能让家人不再挨饿吗？

宋学义并不知道，命运最终的指向，并非只是让他成为一个力大无穷的人，而是要让他成为一名万人敬仰的"壮士"。

从1939年夏天离家，到1947年回家，宋学义还需走过八年漫漫长路。

在1992年5月25日出版，登载于《容城党史信息》第三期上的一篇名为《胡德林、胡福才村籍被确认》的文章中，简略记述了有关胡德林、胡福才二位壮士的生前信息。现摘录如下：

四十多年来，只知道胡德林、胡福才为河北省容城县人，他们的村籍却长期未曾得知和确认。

1991年6月，容城县县志办公室发现了胡德林村籍的新线索，经与容城县委党史研究室和县民政局深入调查考证，又发现了胡福才村籍的线索。1991年12月24日，容城县委县政府同意调查组对"二胡"村籍的调查考证意见。

1992年5月13日，容城县委县政府决定对"二胡"的村籍予以正式确认，并将调查结论："胡德林（又名安小尚），男，容城县平王乡李郎村人；胡福才（诨号胡小秃），男，容城县平王乡郭村人。"通告给本县各乡镇以及全国有关宣传出版单位。

胡德林、胡福才村籍被正式确认，了却了容城人民的一桩心事，告慰了九泉之下的英灵，为更好地学习和研究他们的事迹提供了宝贵的条件。

在这篇来自壮士故乡，类似通报或报道的文章中，所写胡德林为"容城县平王乡李郎村人"，后又写"1922年生于容城县平王乡郭村"，若非笔误，我们大致能推断胡德林生于郭村，后因某种原因，搬迁到李郎村生活。搬迁的原因无非三种：举家搬迁，随母改嫁或被李郎村某户人家收养。若按他"又名安小尚"的说法来推断，后两种可能性较大。

胡福才的村籍则明确无误。

对他们村籍的确认过程，显得扑朔迷离，却又水落石出——显然，他们的父母应该早逝，或没有一位兄弟姐妹。若非如此，在和平年代，他们的家人不可能不去打听他们的下落。而当地政府的确认和寻找，应该范围更大。四十年，这是一个非常漫长而艰难的过程。

对两位年轻壮士的怀想，不由得会令人泪湿眼眶。他们是在怎样窘困的条件下投奔了部队？当见到一支面容和善、亲如一家的队伍时，他们似乎找到了自己的归属，所以才会选择义无反顾地投奔。

在卷帙浩繁的历史资料中，很难查找到这二位壮士的更多信息，只知这二位以叔侄相称，从家乡容县出发，完成支前任务，再也不愿回去，执意留在了部队。

狼 牙 山 上

面对着堆放在脚下的数箱手榴弹、地雷，数百发子弹，以及一挺弹药有限的机枪，胡福才的脸上，竟会现出一副迷醉的笑容。

他弯腰，挨个将它们摆弄，仿如一个孩童，对丰产的瓜果垂涎三尺。自打入伍，他虽见过比这还要多得多的弹药，却也只能是解解眼馋而已。因为那些弹药，根本无法消解他对战斗的渴望。有时他甚至会想，虽参加过几次大的战斗，放起枪来，却总是抠抠搜搜，像个小家子气的穷孩子，哪有一点儿八路军战士的威风。难道这都是命？他想起自己去富人家里要饭，大多数的富人虽是肯赏他一口饭吃，却往往只让他蹲在灶台边。一碗饭他几口便下了肚，仍旧饥肠辘辘。他望着人家饭桌上丰盛的菜肴，暗自吞咽着口水……这样的联想，会使年轻的胡福才心里充满委屈。

现在，穷孩子胡福才终于尝到"一夜暴富"的滋味。他终于有机会，尽情发挥他勤学苦练的射击本领了。他要让每一颗子弹，带着他的意志，射进敌人的胸膛……他拽了一下站在身旁的胡德林，意欲同他分享自己的喜悦，却被胡德林一把推开。他不服气地瞟了胡德林一眼，撇了撇嘴，却发现胡德林和班长站在一起，正在朝队伍撤退的方向遥望。胡德林虽只比他大了一岁，却处处显出一副老成持重的样子。胡德林老是教训他，摆出一副本家叔叔的做派。可胡德林又哪里"老成持重"了呢？每晚做梦，都会听到胡德林没出息地喊亲娘……胡德林只不过是想要入党，想着时刻严格要求自己，处处向班长看齐罢了，而不像自己这样，对武器过于着迷，甚至有些魔怔。前一阵子，胡福才竟不知天高地厚地向连长提出要求，想要调到机枪组去。原因非常简单：只因每次战斗，数着子弹向敌人射击，会让他觉得十分憋屈。

马宝玉和葛振林对望了一眼，脸上皆是一副肃然的神色。

未等马宝玉开口，葛振林便向身侧的一条山路指了指，二人几乎同时说："把地雷和手榴弹埋在那儿。"仿佛心领神会一样，宋学义收起刚刚擦拭完的长枪，蹲伏在地，用布条将手榴弹成束捆扎起来。

面对自己的战士，以及正在休憩的民兵，马宝玉竟会感到一种从未有过的慌乱。他并非因任务重要而感到紧张，只是因缺乏指挥经验而心有忐忑。他再次看了葛振林一眼。这位比他年长三岁的兄长，虽为副班长，可每次有了什么要紧的事儿，葛振林的配合都不可或缺。

此时，葛振林正在对他微笑。就像平日总以微笑来表示对他的支持一样。这无疑会给马宝玉增添更多信心，他的目光开始变得坚定，口音低沉，发出命令。

"全体注意——集合！"

队伍站成一排，士兵与民兵间杂。

马宝玉说："接下来我们要统一行动，先把全部地雷埋到山路上。等指导员他们走远一点儿，咱们再开火，把鬼子吸引过来。"

所有人开始了行动。

胡福才身上，好像哄抢那般，挂满手榴弹和子弹。每走一步，都压得身子歪斜，引来几位民兵的哂笑。胡德林在一旁恨铁不成钢地说道："你这么贪心有啥用？弹药总归要大伙一块儿用，你还是回家当个支前民兵最合适。"

胡福才这才意识到自己的贪心对即将打响的战斗没有任何好处。他把那些多余的弹药，一股脑儿地推给一位小个子民兵，像每次投入战斗之前班长叮嘱他那样，嘱咐那位民兵："等打起仗来，不要放空枪哦。要尽量保证每一颗子弹，杀伤一个敌人。"

地形无须察看。因为早在几个月前，司令员便考察过整座大山，并授意一团改造多处地形。当时部队每天的任务，便是在这崎岖险峻的大山里摸爬滚打，穿梭来去。听读过古书的团长讲，现在的狼牙山，已变成《水浒传》里的祝家庄。这里的一草一木，一沟一坎，都是我们摆布的阵法。鬼子胆敢来犯，定叫他有去无回。很多战士虽没有读过《水浒传》，也不知道祝家庄，却深知经他们改造过的大山，即便当地山民进来也会迷路。某些重要的岔路口，会令他们感到疑惑：先前的路标咋不见了？那些标记，是你们故意画上去的吗？

为了保险起见，马宝玉还是让十多位民兵以及两位机枪组的战士，埋伏在事先设好的阵地上。他带领全班战士，返回离阵地不远的一个隘口。只见敌人已冲上阵地，面对他们的，只有散落在那里的弹壳和未曾散尽的硝烟。

"打吗？"葛振林问一句。

宋学义摆好瞄准的姿势。而胡德林和胡福才，还在为子弹的多寡纠缠不休。这并非需要坚守阵地的战斗，胡福才还是带了满身弹药，这会给转移带来更多不便，况且他"勤学苦练"的射击本领，仍会令人有所质疑。

马宝玉将目光转向通往沙岭沟的陡坡。指导员带着转移的队伍，仍旧在那条崎岖的山路上跋涉。所幸，那里弥漫着烟岚，杂芜的树林遮掩了他们的身影。从敌人所处的方向，一时不会看到他们。但确实等不及了，如果缓慢移动的队伍被敌人发现，定然不会罢手。敌人并非以往进山时心有忌惮，现在的他们更像一群疯狗，一旦嗅到气味，准会死咬住不放。

"打！"马宝玉发出命令，率先开了一枪。

枪声响起时，胡福才显出了少见的沉稳。他始终未发一枪，因为那些射出去的子弹，令他感到十分痛惜。超出射程范围不说，简直像在给鬼子打招呼。他并不知道班长他们的意图——只是为了暴露自己，达到吸引敌人的效果——将他们引到那条埋了地雷的山路上去，引入机枪手和民兵的射程范围，这才是他们最终想要得到的结果。

等胡福才想明白这些，转眼看到葛振林和宋学义，弯腰向前方百米处的一堆乱石跑去。胡德林紧随其后，他便也跟着过去，这才开了第一枪。枪声过处，被他瞄准的目标倒地不起，显然命中了。

敌人终究是中计了，很快朝枪响处蜂拥而来。战士们从乱石后纷纷起身，故意露出身子。之后又用灵活而迅捷的移动，弥补了"暴露"给自己带来的危险，并给敌人制造出伏兵遍野的效果。

等他们进入第二道防线，地雷和手榴弹的爆炸声抚慰了方才射失子弹的遗憾。碎石伴着黄色和黑色的烟尘与布缕，在临近正午的天空中飞散。一截儿炸掉的断腿，白瘆瘆的，直接卡在一块儿岩石顶部，斜伸出来，像石缝里长出的一株异物。

敌人很快改变策略，开始横向移动，从另一处缓坡慢慢迂回过来。惊恐延缓了他们的推进速度。看上去他们更像一群探路的瞎子，发现地面稍有异样，便草木皆兵，呼啦啦卧倒的样子显得十分可笑。手持探雷器的伪军更为小心，几乎止步不前，被身后赶上来的日本兵猛地踹上一脚。葛振林忍不住笑："小鬼子，快点儿往前走吧。那一段路，老子连个坑都没给你挖……"胡德林倒更显得善解人意："慢就慢吧，这样正好给指导员他们留出转移的时间。"刚刚放过一枪的宋学义，嘴里"啧"了一声，因为他刚刚瞄准了一个鬼子，子弹射出，却只在石头上腾起一缕轻烟，那个鬼子竟然连头都没歪一下。这引来胡福才的一声窃笑。马宝玉说，"胡福才，你别笑话别人，刚才你打没打中鬼子？"胡福才掰着手指说："应该打中了三个，两个死了，我亲眼所见。一个不知道死了没有。""不错！"胡德林说。他终于以长辈的口吻，给予了侄子充分的肯定。

五人边打边撤，迅速和机枪组与民兵会合。

当他们再次向沙岭沟方向遥望，只见那里天光澄澈，杂芜的树林上方，跳荡着一层被日光杂糅的斑影。马宝玉终于松了口气。他再次清点了一下补充后剩下的弹药。他似曾考虑过这样一个计划：等完成任务，他要带着他的战士，顺着那条蜿蜒崎岖的山路，经过沙岭沟，直奔蚕姑坨。半年前，他曾因疟疾在那里住过一段时间，在那个临时的后方医院，还曾喜欢过一位长相酷似妹妹的护士。是那种亲情上的喜欢，而非别人想象的那样。现在，那里已成了他和他的战友们，同指导员会合的秘密地点。那是一个令他心疼，同时又感到心动的地方。

他想找葛振林谈一谈，确定一下撤退的具体时间。在这个地形非常有利的阵地上，只需再坚持一个小时，或半个小时，他们便能全身而退了。而葛振林，却好像没有这方面的考虑，他正靠在一块儿岩石上打盹，闭着眼睛，不时用舌头舔舔焦干的嘴唇，仿佛正在品咂一个甜美的梦。

忽听一个民兵叫嚷道："鬼子上来了！"

敌人重新集结在山下。此次集结，仿佛正在酝酿什么。即便是打头阵的伪军，也不再遭到驱使，而是待在更为安全的地带，悠闲地抽烟、喝水。几个穿黄军服的日军，正在岩石后的一块儿平地上，忙乱地鼓捣着什么。

"小鬼子不敢上来了吧？"

小个子民兵伸头朝山下张望。或许因久未放枪的缘故，他有些手痒，迫不及待胡乱放了一枪，想起胡福才的叮嘱，随即为自己的举动感到羞愧。他愧疚地朝周围瞄了一眼，发现所有人都翘首向天，没有人在乎他那记空枪。那记落空的枪声，在突如其来的炮声中，不及一只蚊虫的嗡鸣声。

接连炸响的炮弹，让所有人感到措手不及。气浪掀翻的土屑和碎石，急雨般打在阵地上。

炮声停歇之后，敌人开始了有条不紊的进攻。随即发生的交火，又引来一阵短暂的炮轰。很短时间内，阵地被迫转移了两次。每一次移动，都能看到离去后，阵地被炮火翻耕的惨状。

大家前所未有地紧张起来。边打边撤，聚拢在一块儿巨大的石壁下。马宝玉看了看身边的战士们，除了胡福才的左腿受了一点儿轻伤，六班战士所幸全都安然无恙。机枪组的两位战士，其中一位的尸体，已被遗弃在先前的阵地上。十几位民兵，也只剩下六位，且全都一副精疲力竭的神情。他们虽然有着充沛的体力，却被恐惧耗尽了他们残存的意志。

马宝玉问那位小个子民兵："你的枪呢？"

小个子民兵说："丢了。"

"怎么丢了？"有人气恼地问。

小个子民兵苦笑："反正没子弹了，拿着不如一根烧火棍，顺手就弄丢了。"

其他民兵纷纷说："我也没子弹了。"

有人说着，竟摆出一副愤然的神情，窥视着六班战士们胸前的子弹袋。他们大概觉得不公平。

马宝玉无奈地看了他们一眼，又看向那位机枪组的战士。这位身高马大的小伙子，将机枪斜扛在肩上，神情中除了无奈，还有更多悲伤。经过打问，大家这才知道，那位被弃尸阵地的战士，是他姑姑家的孩子。别人的安慰，让他越发伤心。他忽然哭起来，还引发了另外几个民兵的集体哭泣。

"没有子弹，拿啥给我表弟报仇？"机枪手哭着说。

众人都默然不语。

胡德林忽然喊一声："别哭啦！现在哪儿是哭的时候。你看敌人又上来了，我们赶紧转移吧！"

这样说着，胡德林不假思索地往前跨了一步，他所迈步的方向，正是团长和指导员他们转移的方向。随即听到宋学义的一声提醒："胡德林，不能往那边走，会把鬼子引过去的。"

胡德林这才意识到自己的鲁莽，退回到马宝玉身后。

马宝玉随即走了过去，背身朝东北方向遥望。在战士们的注视下，他的神情有过片刻的犹豫。因为这犹豫，他便故意转身，背对着他的战士们。沉默良久——若现在便踏上这条撤退之路，无异于给鬼子引路。他计算了一下指导员他们撤走的时间，又猜想了一下他们现在行经的路线，而后转身，走到那几位民兵面前，毫不迟疑地说："你们马上转移吧，去追指导员他们，天黑后或许还能赶上。"说完，又走到那位高个子机枪手面前说："你跟民兵一块儿走。"

机枪手疑惑地眯着眼看他，随即摇头，瓮声瓮气地说："不，我不走！我干吗走呀？"

马宝玉说："你不走，留在这儿又有啥用？机枪没弹药了，带着也是累赘。况且子弹数量有限，我们又不能多匀出来给你。留下的人越多，转移起来就越不方便。"

机枪手摇头，显得非常固执："我不走，我要跟你们一块儿。"

"你不属于我们六班，干吗跟我们一块儿……"马宝玉开玩笑似的，随即又一脸严肃地对他道："算了！现在交给你一个重要任务。你要保证把这一挺机枪，交到团长手里。这可是咱们一团压箱底儿的宝贝。"

机枪手沉默着。

坐在一块儿岩石上的胡福才，一边包扎伤口，一边气呼呼地说："你知道这挺机枪，是用三排长的命换来的吧？不把它交回去，我看你怎么对得起他！"

其他三人也纷纷劝说："走吧。我们六班是一个整体，打起仗来能行动统一。你留在这儿，只会拖我们的后腿。"

"走吧，再不走就来不及了！"

马宝玉抬手在机枪手的臂膀上拍了一下："你们先走，等我们再把敌人拖上一阵儿，很快就能赶上你们。"

机枪手再次哭起来。他拉着马宝玉的手，目光深长地看向他的背后。一条寂静而陡峭的山路，在他的视线里一直向西北方向延伸——他知道那条路最终会意味着什么。

民兵和机枪手撤离之后，马宝玉跳上一块儿岩石，目送他们。见他们钻进一条乱石嶙峋的沟岙，这才转身，低眉俯视散落在岩石下的战友，语调轻快地说道："同志们，施展一下我们的看家本领吧！看短腿的鬼子，能不能追得上我们。"

四位战士仰首看他，露出会心一笑。

马宝玉从落脚的岩石上，跳向另一块儿岩石。岩石间投映出他被日光拉长的身影，使那飘忽伸缩的姿态，有了一种升腾的意味。"来吧！跟上我——"他拉长声音，喊着他的战士们，像一个顽皮的孩童，向同伴发出召唤。

葛振林右手提枪，左手抓住从岩石缝间伸出来的一棵小树，站稳脚跟，拽了胡福才一把。胡福才因腿伤不便，此时便显出胡德林做长辈的耐心。胡德林替胡福才拿着长枪，又从后面托着胡福才，而后将长枪递还上去。胡福才向胡德林伸手，意欲回报，拉他一把，失口叫了一声："叔——"往日在连队，胡德林是决不允许胡福才这样叫他的。"这是部队！"他总会这样训斥他，"咱们首长说了，大家来自五湖四海，因为同一个目标聚在一起，都是同志，哪有叔侄……"此时，胡德林仍像以往那样，虽未拉下脸来训斥，却极不耐烦地摆手，自己纵身一跃，跳了上去。

宋学义落在最后。胡福才的弹药，此时全部放到了他的身上，但他行动起来仍旧身轻如燕。他准备往上攀爬，葛振林忽然摆手，指着不远处的一堵石壁说："宋学义，你去那里画个路标，别让鬼子迷了路。"

宋学义心领神会，返身回去。凑近石崖旁，从石缝中找出一块儿白色的灰石。在这山野四处，无数块灰石便藏匿在外人所不知的角落，而他们也更像有心人藏匿的一把把钥匙。宋学义抬手描画，仿照先前的印迹，画出一个一模一样的反方向箭头，又从脚下抓了一团杂草，将两个箭头胡乱涂抹，留下同样模糊的印迹。随后，将杂草和灰石丢进风中。又仔细查看一遍，见无异样，这才拍拍手，转身离去。

遥遥地看见，出现在三岔路口的鬼子，果然停下来了。

追剿的方向虽一目了然，画在石壁上的箭头却令他们感到困惑。山间石壁上到处涂抹着这样的箭头，更像一道道神秘的符号。莫非来去无踪的八路，就是靠这样的符号设下了奇妙阵法？有部分伪军正在向岩石上攀爬，被一个长官模样的鬼子喝止。他躲在石壁后，展开一张地图，一番查看，又用望远镜开始观察周围的地形。

葛振林对马宝玉说："班长，开枪吧，引鬼子上钩。"马宝玉正在犹豫，身旁的宋学义打了一个"稍等"的手势，弓腰，将一块儿磨盘大小的石头托在手中，挪了两步，一松手，将石头投入崖谷。碎石滚动声如一声滚雷，朝谷底蔓延，带动无数碎石的鸣响。

宋学义再次搬起一块儿石头，却没有如法炮制，而是等在那里。他脖颈处涨起根根青筋，扭头看着马宝玉。马宝玉明白他这么做的目的——如果敌人正在暗自猜疑，弄出更大的响声，尤疑会引起他们的怀疑。他伸手，做出"稍等"的手势，伸头朝山下张望，忽然忍俊不禁地笑了。

那个手托望远镜的日本军官，朝巨石滚落处观察一番，望远镜很快掉转方向。一束反光对准他们所处的阵地。

敌人上钩了，马宝玉悄声说："等他们再近一点儿，我们就放几枪，敌人肯定会咬住咱们不放。"

葛振林扭头看着宋学义，问："宋学义，你搬一块儿那么大的石头，不累吗？"

宋学义早已支撑不住，将石头轰然放下，顺势坐在石头上喘气。惹得胡福才咯咯笑出了声。胡德林憋不住，也跟着笑起来。

宋学义自嘲说："笑吧！等子弹打光，有你们哭的时候，胳膊细得像麻秆，半块石头也搬不动。"

胡德林说："学义同志，我掰腕子掰不过你，用石头砸鬼子，力气还是有一些的……"

马宝玉将他们的说话声打断，开始分派战斗任务："等过会儿敌人上来，咱们分成两个战斗小组。葛振林和宋学义一组，你们俩老搭档了。我带胡德林和胡福才一组。大家分头向敌人开火，不要恋战，打一枪尽量换一个地方。"

接下来的战斗，总是以敌人丢下几具尸体而草草结束。

那些横陈在平地或乱石间的尸体，起初会被他们的同伴收敛。到了最后，敌军显然无暇顾及，便任由那些尸体或蜷缩或平摊，裸露在过午时分的日光之下。他们追剿的速度越来越快，那些不肯走在前面的伪军，往往会遭到连踢带打的轰赶——从这一点也能看出敌人焦灼而恼怒的心态。由葛振林提议，大家放枪时，目标先漏过那些走在前面的伪军，让子弹安上"眼睛"，专门死盯那些穿黄军装的日本兵。这样一个策略，无疑令日本兵更加恼火，他们明白对手在故意戏弄他们，开始不顾顺序，不顾死活，疯狂朝阵地发起一轮又一轮的冲锋。

阵地再次转移之后，已无路可走。

其实走到那条叫"宽鞍"的小路上，便已没了实际意义上的路。这里人迹罕至，即便附近的乡民，也很少有人来过。

爬上一个山头，地势变得较为平缓，感觉从隘口吹来的山风更猛烈。一片经风伏地的草丛中，忽然钻出一个人来，走在前面的胡福才被吓了一跳。见来人一副乡民打扮，口中连呼"同志"，胡福才便问："老乡大哥，你咋在这儿啊？"

乡民稍加解释，不禁诧异地问："你们这是要去哪儿？"

"去棋盘坨。"

"棋盘坨可不能去！那是一条死路……"乡民语无伦次地说，"我把在家里养伤的一位八路军同志背上了山，藏起来了，这才出来看看情况，想找一找咱们的部队。大路上都埋了地雷，这才从宽鞍走到这儿来了，没想到会碰上你们……就你们这几个人吗？大部队的同志都去哪儿了？"

听到不远处传来的枪声，以及人声的嘶喊，再看眼前这五位衣衫褴褛、灰头土脸的战士，乡民瞬时明白了大半，脸色陡变。再次以认真的口吻警告他们道："别再往前走了！前面可不能去。你们跟我走，跟我上大莲花瓣山。那里地形复杂，隐蔽起来，鬼子肯定找不到咱们。"

五位士兵无奈地看着他。

"走吧！还犹豫啥？"乡民不耐烦地说。

"跟你走？鬼子追过去咋办？"胡福才毕竟年少，口无遮拦地回答。

老乡脸上掠过一丝慌乱，说话变得口吃："那——那你们只能上棋盘坨？"

"老乡，你快走吧，不然就走不掉了。"马宝玉忧心地看着他。

乡民边走边回头，很快隐没在阜丛中。

敌人新一轮的冲锋开始之后，战士们手中的枪，如一个声嘶力竭的人，很快不能发声。宋学义扣动扳机，并未听到子弹出膛瞬间响起的那种清脆而暴烈的鸣音。枪栓磕击空荡的枪膛，发出的闷响令宋学义感到极度不适。他用河南话骂了一句什么，右手在身下的阵地上抓挠，仍旧目不斜视。抓了个空，双手抬起，再次习惯性伸到胸前，一番按摸，子弹袋也是空的。依次摸下去，先前鼓鼓囊囊的子弹带，如今成了一条又臭又长的破裤带，陡然令他冷汗湿背。大叫一声："班长，没子弹啦！"

离他不远的葛振林，早已打光子弹。正把扭开盖的手榴弹一颗颗排放在阵地上，安慰似的冲他喊了一声："没了子弹，我们还有手榴弹呀！"

除了从山下传来的枪声，整个环形阵地上再听不到一声枪响，显然马宝玉他们的子弹全都打光了。敌人在山下观望一番后散开继续向上攀爬。手榴弹随即出手，居高临下，只见一道道划出的抛物线，在敌人身前、身后炸响。其中一颗，落在一块儿石头上，弹跳了一下，划出又一道弧线。

等再次转移到一处新的阵地上，五人聚拢在一起，清点了一番弹药。除了不多的几颗手榴弹外，子弹一颗没剩。

马宝玉说："这下更要省着用了。敌人不进入投掷范围，可千万不能拉弦。"

胡德林问："班长，手榴弹打光了咋办？"

"还有石头！"胡福才握紧拳头，挥动手臂，瞪着一双血红的眼睛，他受伤的腿仍在流血。

一旁的葛振林抬手摸了一下他的头，脸上充满怜爱。

马宝玉环视周围的地形，见黄牛大小的石头在周围零星散布，间杂半人高的灌木与杂草。无疑，这里是一处绝佳的阵地。缺乏子弹，再好的阵地也形同摆设。从他嘴里说出的话，像是对战友的安慰，又好似道出自己心内的彷徨："天就快黑了，敌人肯定坚持不了多久的。等天一黑，我们就有办法突出去了。"

山下悄寂，听不到人声的喧嚷。探身俯瞰，发现敌人正在回撤。有人叫了一声："不好！敌人又要打炮了。"

话音未落，炮弹便接连在陡坡下炸响。自下而上，将阵地翻耕了一遍。有几颗，超出射程，径直落进身后的深谷。逼仄的阵地仿佛被置于一个密闭空间，耳朵仿佛经受着一面巨大铜锣的蹂躏。眼前看到的景象，随之发生错位：巨石倾斜，慢慢翻转。燃烧的杂草与灌木，和硝烟混合，疾风中好似一面残破的旌旗……硝烟散尽之后，马宝玉看见葛振林，踉踉跄跄地朝他走来，军装下摆被烧残的一角还在冒着袅袅烟气。葛振林冲马宝玉大叫，面孔扭曲。马宝玉却只见他嘴巴开阖，不闻声音。宋学义也拎着枪跑来，头上的帽子不见了，头发也烧焦了大半，眉头紧皱地扑倒在马宝玉的身前。他从挎包里掏出布条来为马宝玉包扎。这时声音才慢慢灌进马宝玉的耳朵。

"班长，你负伤了！"

声音像一匹野马，开始在马宝玉的耳郭里奔突。胡福才的哭声清晰传来，像錾子，凿得马宝玉头疼欲裂。

"咋了？快去看看，到底咋了……"

二人拽起马宝玉，急忙赶过去。只见胡福才将胡德林抱在怀中，正在一迭声地叫唤。胡德林的耳际处有鲜血正在慢慢渗出，其他部位均无异样。

"没事儿，应该是昏过去了。"葛振林探探他的鼻息，如释重负地说。

再次聚拢上来的敌人，再不像先前那般急躁，而是在百米开外的岩石后停下脚步。他们大概知道，山上的人已打光了子弹。如此远的距离，也不用忌讳手榴弹的投掷。因此变得肆无忌惮，颇有耐心的样子。能听见他们的说话声。一位日本军官站在岩石后面，唇上粗短而滑稽的胡子清晰可见。他蹙着眉，杵一把日本军刀，正在朝山上瞭望。飘荡在岩石上方的膏药旗，旗面虽底色混沌，日光下洇出鸡血般的猩红。一个穿便服，头戴日本军帽的翻译官，开始一遍一遍冲山上喊话："你们跑不掉了，快投降吧。大日本皇军会大大优待你们。皇军佩服你们，不会杀了你们。你们子弹打光了，前面是死路一条，兄弟只奉劝你们一句，快快投降！快快投降……"

一块儿石头从山上滚落，随即又滚落数块。一块儿石头差点儿砸中翻译官，吓得他即刻哑声，躲在岩石后，再也不敢现身。

静息片刻。

只见日本军刀在岩石后胡乱劈刺的影子。在重机枪、榴弹炮、迫击炮的一番狂轰滥炸之后，伴随着一声声气急败坏的喊叫，数名日本兵从岩石后跳出来，发起了最后一轮进攻。

多年后，在一份名为《冈山步兵第百十联队史》的日方资料中，能读到如下文字：在狼牙山作战的第三大队，接到棋盘坨附近有少数潜伏之敌的情报，决定于9月25日拂晓开始行动。将此敌赶上棋盘坨，实施包围歼灭作战。接近后，发现绝壁上有敌数人，持捷克轻机枪向我处猛射，此高地在狼牙山中最为险峻，有数米高的断崖，攀登困难。敌手能登之山，为何我不能及？

日本军人的好勇斗狠，在这段记载中显露无遗。他们只知道少数八路军身处绝壁，顽强抵抗，却只见其势不见其人。气急败坏的同时，又令他们深感震惊，支撑他们拼命冲锋的，或许只有一个目的：他们要豁出命来看看，他们的对手到底长什么样子。

一切都在日本军官的观察之下。这位叫水上源藏的日本大佐，震怒之余的表情看不到一丝庆幸，有的只是无奈和沮丧。

无须再用望远镜观察，一通零星的手榴弹爆炸声响过后，仅凭肉眼，他便能看清五位中国士兵衣衫褴褛、相互搀扶的踉跄身影，却又显得那样义无反顾。水上源藏不禁感到有些失望，原来他和他的士兵追剿整日，屡遭重创，面对的竟然并非八路军的主力，而是五个略显单薄、身材瘦弱的中国士兵。无需再发布新的命令，他的那些被彻底激怒的士兵们，也心知肚明——活捉他们。得到五具中国士兵的尸体显然毫无意义，只有活捉他们，才能挽回一点儿点儿"大日本皇军"的颜面。

水上源藏大佐冷眼观望，甚而对翻译官劝降的喊话一度感到厌憎。一通乱石滚落之后，他毫不为那些被砸中的士兵感到惋惜。孤绝的顶峰终于停止了喧嚣，想必最后被充作武器的石头也已尽绝。水上源藏大佐暗自发出一声叹息。他爬上一块儿岩石，还未站直身子就又软绵绵地滑落下来。在卫兵的帮助下，这位疲惫的日本军官终于站直腰身，像散步一样缓缓迈开脚步——他要去看一看，去看一看那五位即将被他们活捉的中国士兵，最后面对他时，又会有怎样的表现。

小莲花峰上彻底恢复了平静，这处孤绝的山峰，似已被抬升到云霄之上。

马宝玉看了看身边的战士们，语气听来有些无奈："手榴弹没了吧？"

胡福才这才迟疑地说："我这儿还剩一颗。"见马宝玉冲他伸手，他犹豫着，最后还是将背在身后的手榴弹递了过去。

大家都聚拢在马宝玉身边。大家都明白，这最后的一颗手榴弹，将是他们和敌人同归于尽的武器。所有人脸上，都不见惧色，平时爱开玩笑的葛振林，脸上竟再次浮现出平和的微笑。他们拥簇着他们的班长，恍惚间竟有了一种同生共死的庆幸。

马宝玉将手榴弹的盖子慢慢拧开，把保险环套在拇指上。看了战士们一眼，而后一瘸一拐地走到峰顶边缘，看也不看，挥手将手榴弹掷了下去。

爆炸声后，又是片刻沉寂。随后，传来一阵狂妄而肆意的呼喊，夹杂着癫狂的笑声，仿佛狼群面对猎物，发出的吠叫。

葛振林倔强地说："班长，咱们可不能做了鬼子的俘虏。"

宋学义冲崖下骂了一句："去你妈的小日本儿！老子就是死，也不会让你们活捉。"

胡德林点头。搂着倚靠在他身边的胡福才。

胡福才的脸上，流着长长的泪水。

马宝玉慢慢走到绝壁边缘，探头朝下看一眼。山风扯动他破烂的军装，他转身对战士们说："同志们，兄弟们！我们很好地完成了任务。对得起党，对得起部队，也对得起我们的亲人和战友。"他说到这儿，忽然想起自己的妹妹，不禁语音哽咽，"但是现在，我们没退路了，前面是鬼子，后面是绝壁，我们就是死，也不能做了鬼子的俘虏。现在唯一的一条路，就在我们身后，我们从这里跳下去吧！"

"投降吧！你们跑不掉了！投降吧！"

山风呼啸，崖下又传来翻译官的喊话。那喊声听来有些得意，又有些轻薄。

"跳吧，班长！我们必须跳下去。绝不能让小鬼子得逞，他们明显是要活捉我们。"

马宝玉攥起拳头，挥了挥手，习惯性地喊一声："撤！"起身向后崖冲去。

没有撤退之路，只有"随我而来"的召唤。他踉跄的动作，借了风势，显得迅猛而果断。宋学义冲到他前面，枪托磕碰岩石，发出声响。马宝玉随即停住脚步，下命令道："枪不能留给鬼子！"

枪栓和弹匣的零件在岩石上弹跳，零碎部件随即抛入悬崖。马宝玉静静地看着他的战士们，见胡福才低着头，两手摩挲枪身，泪水落在尚未褪色的枪托上。

他挺身而立，面向战友，背对身后的悬崖，脸上带着欣慰的笑意，身子慢慢向后倒伏，随即看见牵手的胡德林和胡福才，现身在夕阳浸染、宛如蓝色宝石的崖顶上方……

水上源藏大佐攀到悬崖顶端的时候，耳边灌满呼啸的风声。他拨开那些背身默立的部下，探头朝崖下望了一眼。崖下的苍松在暮色中静默，宛如暗涌的激流，令他血往上涌，感到一阵晕眩。他闭了一下眼睛，想不到的事情竟然发生了。他眼前随即划过一幅画面———一位跪地的日本武士，赤裸上身，正在将一把锋利的"肋差"刺入肚腹，而后做出横切的动作……他的士兵们，包括他自己，没人有机会用这样一种方式，完成对武士来说，至上荣光的一种仪式。但在他眼前消失的这五位中国士兵，却以跳崖的方式，从容而坚定地做到了。

水上源藏顿感羞愧。失望的同时，又深感庆幸。他现在所想和当初的想法大相径庭：若真的活捉了他们，他真不知道该怎么面对他们。

　　他慢慢倒退回来，随即摘掉军帽，弯腰，冲着暮色弥漫的虚空，不乏虔诚地深鞠三躬。他身后的那些部下，也都纷纷摘掉帽子，效仿他们沉默而阴郁的指挥官。

塔 与 众 生

一早起来，见下面的盘山公路上，进山车辆排成一条长龙。因堵车步行上山的游客，更是络绎不绝。我和少年算是有备无患，成了进山的第一拨游客。

少年坚持不坐缆车，执意选择徒步攀登。我问他是怎么想的，他说想切身感受一下当年战士们在山中奔袭战斗时的情形。

山道虽不险峻，却依旧崎岖陡折。爬山的游客不在少数，显然有着和少年同样的心思。只见男女老少的脸上，除了登高览胜带来的喜悦，亦有一种端庄、肃穆的神情。

爬上海拔一千一百零五米的观景台，狼牙山景尽收眼底。丛林掩不住山石的雄奇，易水河如一条银链，只是再不见古籍中所描述的悲怆。太行山脉在天际辽阔如瀚海，暮秋的绿色堆叠，如苍茫的浪涌……少年的神情，显然并未被这壮美的自然景色吸引，脸上一度现出疑惑的神色，听到他在自言自语："棋盘坨在哪儿？宽鞍在哪儿？当年的五壮士，是顺着这条路爬上山的吗？"

显然，昨夜读完《狼牙山上》这一章节，他想对文中标注的地理位置，做一番详细考证。

我亦四顾茫然。史料中出现的这些地名，我也很难搞清究竟坐落在山中的哪一处，却毫不犹豫告诉他："当年的战斗，肯定就发生在附近。说不定，我们走过来的地方，就曾浸染过战士们当年流下的鲜血。"

少年抬头，指着高耸入云的牙山狼五勇士纪念塔，问："那里是壮士跳崖的地方吗？"

我说："那里并非壮士跳崖的原址。只是为了纪念，为了彰显英雄的气概，为了让更多的人看到，才会将纪念塔建在山巅最高处。这么做，是一种价值和意义的体现。"

关于这座纪念塔，我仍有故事要讲给少年听。

那是1941年10月18日，即五壮士跳崖后的第二十三天。晋察冀军区司令部和政治部，根据党中央的指示，发出"在勇士牺牲地建碑纪念"的命令。

1942年1月，一分区政委罗元，亲率宣传科和总务科的同志上山勘察，决定将纪念碑建在形似莲花瓣状的棋盘坨顶峰。

消息一经传出，便受到地方干部和群众的一致拥护。当时，狼牙山根据地刚遭重创，人们的生活尚未恢复。根据地的民众却无不踊跃，他们纷纷派出模范队，青年抗日先锋队，还有一些自发组织而来的工匠和群众，大队人马浩浩荡荡，齐聚狼牙山。山上山下，人们打柴采石、建窑烧灰；就连羊只，也加入到这建造的队伍中。羊的身上驮着砖块，在崎岖山路上来回跋涉。由于敌人封锁，建造的困难可想而知。据说当时，建设者每人每天的口粮，只有区区一斤小米的供应。而稀缺的水源，更是难以得到。就是在这样艰苦的条件下，民众凭着对英雄的敬仰，昼夜不歇，仅用半年的时间，便建造起一座十五米高的纪念塔。

纪念塔的建成，无异于一种抗战精神的宣告。既戳穿了日军"大东亚胜利"的谎言，又像一只火炬，引燃了民众抗战的决心。天气晴朗的时候，从日寇占领的保定城西，就能清晰看见白色的塔顶。日寇十分恼怒。1943年秋季大"扫荡"时，日军特意在山下架起山炮，像面对百万雄师般，对准纪念塔开炮，并在山下修筑据点，阻挠该塔重建。

"塔"能够毁损，不屈的民族精神却永难泯灭。

1959年，易县人民委员会第二次重建此塔。

1986年，纪念塔第三次重建。

自此，古易州这块土地上，除了易水，除了紫荆关，除了燕南长城……便多了这占地六十九平方米，底座三点零六米，塔身五层，高二十一点五米，呈乳白色的"狼牙山五勇士纪念塔"。

我和少年爬上山巅。在纪念塔周围好一番流连。凭栏眺望，壮阔山景更能让人感受当年英雄跳崖时的悲壮。山谷间的烟岚，遮没巨石的褶皱，以及更为微小的草木……借由这"微小"的启示，我忽然想起书稿中，被我忽略的至关重要的部分——那便是五壮士跳崖后，那些搜救他们的民众以及五壮士身后，受他们精神鼓舞的众多为抗战献身的人们。这些不被世人所知的群体，是民族精神的一种最好体现。这么好的素材，怎么就被我忽略了呢？

自责与抱憾的同时，我亦为捕捉到的灵感而生欣喜。

听到少年说，他想去五壮士当年跳崖的地方瞻仰一番。

我欣然同意。毕竟那个地方，我也没有去过。

经过短暂歇息，我们开始下山。下山的路上，依据读史料时留下的记忆和印象，我和少年谈起了那些更为普通的民众。那些如山间草木一样被人遗忘的众生，最终将会出现在我的书稿中。

早在1938年1月，一分区司令部第一次进驻北娄山。一次出行途中，一分区司令员杨成武路遇一位化缘行医的道士。杨成武与之攀谈。道士起初持有戒心，见杨成武对出家人很是尊重，心里高兴，话语便滔滔不绝起来。杨成武这才得知，道士姓李，名"圆忠"，住在棋盘坨道观，年逾五旬，出家十五六载……自此，杨成武便与李道长结为好友。偶尔，李道长会带些山里的苹果和杏子从山上下来，专程看望杨成武。每次来，杨成武也会回赠他一些礼物。两人说古论今，同时也会谈些关于抗日的事儿，气氛非常融洽。

这一天，李道长又来拜访。杨成武出门迎候。警卫连长和管理科长忽然将他拦下，汇报敌情般向他做着汇报。

"司令员，听说李老道在反动军阀部队干过。今天上午，咱们的人到棋盘坨取坚壁在那里的刺杀防具时，他还和咱们刺杀教员比试过对刺呢！"

"司令员，我也是刚听说，我们坚壁在狼牙山上的一部分物资，被'扫荡'的鬼子发现，正要烧掉……你猜怎么着，这位老道忽然冒出来，他竟然会讲日本话，叽里咕噜跟鬼子讲了一通，鬼子居然没烧，你说他到底是啥人？"

杨成武也颇感奇怪。

不多时，李道长已到门口。杨成武将他引到专门用来接待客人的房间。警卫员用洋铁皮碗端水上来。寒暄之际，杨成武就物资得到保护一事，特意向李道长表达谢意。

李道长手捻长须，笑道："区区小事，何足挂齿。"

杨成武含笑问："听说您通晓日语？"

李道长双眉一挑，看一眼杨成武，淡淡地说："贫道出家之前，曾经学过一点儿日语，天长日久，早已忘得差不多了。"言罢，低头喝水，再不肯多言。杨成武也不便多问。少顷，警卫员将几碟小菜和枣子酒端上来，二人对饮，待到酒酣耳热，李道士一声长叹，终于道出自己的身世。

"不瞒杨师长（独立师如雷贯耳，当时很多人仍称呼杨成武为师长），贫道出家之前，和你一样，也是戎马中人，曾在吴佩孚部下当过营长。原想尽忠报国，后来因诸多烦恼之事——谅我不能一一尽述，这才退隐庙堂，修行苦度，以成全此生。"说到这儿，李道士喝一口酒，语气变得激愤起来：

"贫道既已出家，本不该过问世俗之事，可他日寇入境肆虐，令人发指，八路军忠勇抗击，以血肉之躯护民报国，令贫道赞叹不已，时常会忆及年少时的从军报国之梦……那天日寇上山，搜出你们藏在山洞里的物资，正要烧掉，我便用日语对他们讲了些忌讳，日本人多迷信，一下子被我唬住，这才原封未动，把物资保护下来。"

杨成武听得哈哈大笑，再次表达谢意。又问他："那您和我们的教员练对刺又是怎么一回事儿呢？"

李道士也不禁笑了，说："那天，你们一位教官模样的人来山洞取木枪和护具。我就问他：'你取此物何用？'那位教官以为我是个外行，耐心同我解释。我问他：'请问贵军，你们练的是"华刺"还是"东洋刺"？'他一愣，明白我是内行，仍耐心解释，说练的是东洋刺。说贵军并不按国民党那套刺杀方法来练习，而是把日本俘虏教育好，请他们教习刺杀，所以贵军一直练的都是东洋刺。我说：'依贫道看，他那个东洋刺就是一个突刺，别无花样，毫无用处！'你们那位教官说：'总该有些用处吧。不然上级怎么会让我们学这个。'我主动提出想和他对刺一番，领教领教。你们那位教官别看年轻，人很谦逊，见我年纪大，执意不肯，却经不住一旁的小战士起哄，这才答应。

"你们那几位小战士，照顾老人那样，过来帮我穿刺杀护具，我推开他们，道袍一脱，单腿一跪，按顺序穿好护具，按照当年从军时的规矩，行了个礼；你们那位教官也回了我一个八路军的军礼……在这狼牙山上，我毕竟算是主人，亮开胸部先来个'大敞门'，对教官说：'请先上吧。'你们那位教官说：'对不起，那我就不客气了。'我让他先请，其实是设了个圈套。他并没中招，而是来了个虚刺，让我防了个空，紧接着一个突刺，将我刺中，摔了个四脚朝天。杨师长，您甭笑话，毕竟年迈了，还喜好'逞强'。接下来又几个回合，场场都败在他手下，我这才肯认输。却还要找点儿理由，说自己老眼昏花，眼睛看不清了，呵呵，算是给自己找台阶下吧。"

杨成武也笑接话说："您年纪本就大了嘛，又怎么能跟他们小年轻比。"

李道长双手合十："善哉。善哉。教官的刺杀本领甚是高强，老道是真心服了。"

1940年春，春深似海。按照约定，杨成武一行，从北娄山出发，前往狼牙山，算是和李圆忠再叙友情，顺便踏勘一下狼牙山的地形。在李道长的指引下，杨成武发现山中地势险峻，除两条羊肠小道分别通往棋盘坨和蚕姑坨，一条沟能通到老君堂外，别无他途。如果派部队和民工在狼牙山和九莲山一带，环绕各座山峰修上几条秘密小径，隐蔽在怪石草木之间，与原有的小径相接，那么打起仗来，便会有出其不意的效果。倘若在狼牙山与其他主要山峰之间架设电话线，如同"飞线"那样，敌人想破坏也是万难，再设置一些秘密观察所，收集情报，就会形成一个立体的战术体系。

基于这样的想法，杨成武命令部队开始对狼牙山地形进行改造。正是有了这样的改造，才会有后来狼牙山的成功突围。

从某种意义上来说，正是杨成武与李圆忠道长结下的善缘，护佑了四万名群众的安全。

缘分并未止尽，狼牙山五壮士跳崖后，两位幸存的勇士获救，李圆忠也功不可没。

1941年9月25日下午，李圆忠道长躲藏在牛角峰对面的仙人洞里，远远目睹五壮士跳崖的全过程。他不禁泪流满面。等对面的山顶恢复平静，透过泪眼，李道长忽然发现，有两位战士挂在伸出崖壁的树枝上，生死不明。他慌忙跑下山去，找到在附近隐蔽的情报站，让他们赶紧打电话通知杨成武。

1995年，耄耋之年的余药夫先生，从河北师范大学副校长的岗位上退休，每天伏案家中，为纪念抗战胜利五十周年撰写回忆文章。忽然有一天，他心潮涌动，急于想打开一个心结，便对他的老伴说："1971年从报纸上看到，五壮士之一的幸存者宋学义已经病故，我和副班长葛振林1986年在狼牙山见过一面。匆忙中也没留下联系方式……时间过得真快，如今我们都是老人了，不知他身体咋样，真想和他再见上一面。"

他的老伴安慰他："那就多翻翻报纸，也许报纸上会登载葛振林的消息，说不定你就会找到他。"

从那之后，翻报纸，成了余药夫先生晚年生活中的一项重要内容。有一天，他从报纸上看到这样一则报道："老英雄葛振林在衡阳市给青少年讲狼牙山革命故事，听者如云……"

他给那家报社打电话。随后对他的老伴说："我要去一趟衡阳。"

湘江之畔。衡阳警备区干休所。时年七十八岁的老英雄葛振林，在家中迎来千里迢迢赶来相会的余药夫先生。从地域层面来说，两人都来自河北，算是地道的老乡；更深的层面，老乡余药夫，则是葛振林时常挂在嘴上的那位"将他搭救的穿便衣的青年"。

两人当年自棋盘坨分手，再未有过联系。甚至余药夫的名字，葛振林一直都不知道。

葛振林紧紧握住余药夫的手，说出的第一句话便是："当年我和宋学义，若不是有你援救，在山里待一夜，不昏死，也会被狼吃掉。狼牙山的野狼可真多啊！"

话说当年，十九岁的易县"青救会"干部余药夫，正在山中隐蔽。从他隐蔽的地方，能看到山下熊熊燃烧的火光，也不知敌人是否退去。他快步下山，准备探个究竟。走到双鞍岭一带，发现两名遍体鳞伤的八路军战士，相互搀扶，正在朝前慢慢挪动。赶上去一问，得知二人从崖上跳下来，被树枝挂住，这才幸免于难。其中一位伤势较轻，能勉强走路，便是葛振林。另一位伤势较重，每挪动一步，会因腰疼瘫倒在地，这便是宋学义。余药夫不敢怠慢，唯恐再遇到鬼子，赶忙将他们引到离棋盘坨不远的一个山洞里。天黑之后，三人正在休息，忽听外面传来呼喊声，原来是七连掉队的一位小通信员。

山洞内又阴又冷，腰伤使宋学义感到极为痛苦。待在这里总归不是办法。余药夫提议："这里离棋盘坨的寺庙不远，我们去找李老道。"三人慢慢爬上棋盘坨，见寺庙尽数烧毁，老道也不在。余药夫从坍塌的破庙里，找出一把小米，又找出一口摔碎的铁锅，用锅底熬了些稀饭。宋学义吃下，这才感到好受了些。接下来李老道夜半上山，见了他们，很是惊讶。告诉他们："我已通知了司令员，部队肯定已派人四处找你们，天不亮敌人还会搜山，你们赶紧转移。"

我和少年搭车，前往的去处，是一个叫毛儿岩的地方。

当年，发现三位遇难烈士遗体的阮元通，正是当地北沟村人。这个村庄于1944年独立建村，因为离五壮士跳崖地很近，后改名为"五勇村"。

1985年，阮元通已七十四岁，如今已不可能活在人世。据一份1985年的采访报道记载：1941年农历九月初八，阮元通在狼牙山的莲花瓣山峰上，目睹了五壮士跳崖的全过程。

五勇村确实很小，至今没修通一条像样的公路。以前的住户也大多搬到山外去了，只剩下寥寥几户人家。远近山坳里，抬眼便能看到满坡的柿林。因山高坡陡，此地的山林一直保持着原始的风貌。海拔九百米左右的五壮士跳崖处，不用当地政府过多保护，却也成了一处渐渐被世人遗忘的地方。

我们在半路，邂逅一位刚从山上干活回来的当地老乡。向他打听阮元通的后人，他说："早不知搬哪儿去了。"又跟他打听搜救五壮士的相关故事，这位老乡说："以前听村里的老人讲过当年的那些事儿，我还知道一些。"

在这位老乡的带领下，我们稍作修整，即刻出发。

一路上，老乡的讲解让我和少年有了一种身临其境之感。

初五那天早上（即 1941 年 9 月 25 日），阮元通接到鬼子进山"扫荡"的消息。当时他家里，收治了一位八路军重伤员。他先把伤员背到山上隐蔽，后因不明敌情，终究放心不下，这才从山上下来，准备去周围看看情况。走到大小莲花瓣山的岔路口，遇到那五位八路军战士。一打听，才知道他们要去棋盘坨。阮元通大吃一惊，说："那是条死路，你们可不能去！"五位八路军战士不听他的劝告，执意要去。阮元通也没办法，心里惦记伤员，赶紧又跑回原来的地方躲藏起来。

一直到第二天下午，听到山下没了动静，阮元通这才敢回村。他待在家里，越想越不对劲，越想心里越不是滋味，觉得昨天碰到的那五位八路军战士，真要被鬼子撵上棋盘坨，定是凶多吉少。他赶忙喊上几个老乡，跑到崖谷去看……

我们现在走的这条山路，沿途荆棘密布，杂树丛生，根本没有一条所谓的"路"。只有一些稍微平缓的地方，留有人为踩踏的痕迹。老乡指点着脚下："以前这里很少有人来，近几年才有一些城里的年轻人来到这里，都是些户外运动爱好者，出钱让我带路，到五勇士跳崖的地方去看看……脚下这条路，等于是我自己开发出来的。"

越往山上走，树木越稀疏。只有嶙峋怪石，组成狼牙交错的状貌。老乡边走边说："当年那五个人，就是从这儿上去的，边打边退。他们要是肯听阮元通的话，撤退到莲花瓣山，就能跑到甘河那边去了，也就不至于丧命。唉，都是因为顾及老乡啊，他们不把鬼子往绝路上引，老乡们哪儿能有个好儿！"

大约走了将近一个半小时，我们这才爬到了山顶。

对面白色的纪念塔清晰可见。老乡遥指对面说："现在景区的纪念塔，原来是八路军的一个指挥部，真正跳崖的地方，是在咱们站的这个地方。"

他挪动脚步，走到悬崖的边缘，不由吓了我和少年一跳，赶紧去拽他的衣襟。却见他指着脚下的悬崖，不惊不惧地说："他们摔了枪，就是从这儿，一个挨一个跳下去的……葛振林、宋学义算是命大，挂在斜伸出来的树杈上，捡了条命。其他三个，全都摔死了。摔下去的地方，原来有个狼窝，那时候山里狼也多，一到晚上，整夜嚎叫……"

老乡退后，又爬上一块儿突出的岩石，指着岩石间一道缝隙说："你们看，石头中间这道裂缝，当年五壮士就在这里隐蔽，朝鬼子放枪。鬼子在北边那块石头后面喊话，劝他们投降。"

我们所处的悬崖，面积不过五六十平方米的样子。东、南、北三个方向，都是陡峻的绝壁。只有西面是一条退路，当时都被鬼子封死了。勇士们最后的选择，只能从东北方向的断崖处跳下去。

少年牵住我的手，执意要到悬崖边去看一眼。我们小心翼翼地挪步，也想效仿刚才老乡的举动。等挪蹭到悬崖边缘，我早已心跳加快，想必会面无血色。看看少年，倒显出一副毫无畏惧的神色。我们牵在一起的手，倒成了他对我的牵引。我刚想伸头往下看一眼，顿觉一阵头晕目眩，赶紧退了回来。

老乡坐在一块儿石头上，正在抽烟。说话好像自言自语，吐出的烟雾像往事一样随着山风飘散。

当年，阮元通带人走到下面的崖底，先是看到三条浸血的布裹腿，一条浸血的毛巾，一个手榴弹袋，丢在一簇杂草旁。杂草有倒伏的痕迹，显然有人在那儿躺过。抬头看，见半山腰上有一棵山桃树，伸出来的树杈上，挂了一片儿被雾水打湿的布条，灰不溜秋的。有人猜测说，肯定有人从崖上跳下来，被树枝挡住了，说不定还活着。可是人呢？几个人赶紧四下里去找。转过一堵石壁，有人大叫一声，发现两具八路军战士的尸体。脸朝下趴着，身下凝了一汪血，身子都被狼啃了。有人又在附近的地方，找到另一具尸体。因为摔在石头上，石头很高，狼够不到，这才保全一具囫囵尸体。那位战士仰面躺着，眼睛睁得很大，看着山崖上头的天，真是死不瞑目哇!

阮元通他们当时就哭了。把三个战士的尸体摆在一处。因为不忍看那惨状,又爬到山岩上,弄了些树枝和草,盖住三位战士的尸体。派人守着,赶紧去通知八路军。

训　令

1941 年 10 月 18 日于军区政治部

学习宁死不屈光荣殉国的马宝玉、胡德林、胡福才三烈士与跳崖负伤的葛振林、宋学义二同志。

9 月 25 日敌寇二千余,分数路围攻狼牙山(涞源东南)。一部五百余向我最高山头阵地围攻,在山腰触发我一分区一团二营七连预埋棋盘沟之地雷,当毙伤敌四十余人。后该连队以第六班掩护主力转移,英勇战士胡德林、胡福才、葛振林、宋学义在班长马宝玉(党小组长)领导下,以高度的英勇顽强精神,固守阵地,与敌激战五小时。敌曾作四次猛烈冲锋均被我打退,计杀伤敌寇五十余名。最后因子弹、手榴弹全部用光,且众寡悬殊,在最危急时,该班班长马宝玉同志领导战士葛振林(党员)、胡德林、胡福才、宋学义等四同志,先将所有武器全部破坏,遂即跳万丈悬崖,马宝玉、胡德林、胡福才三同志壮烈殉国。葛振林、宋学义二人光荣负伤。此次战斗计毙伤敌一百名以上,敌异常恐慌，全无斗志而退。

马宝玉等同志，在战斗中表现了高度的英勇顽强果敢，予敌寇以极大杀伤，真正继承与发扬了我八路军的战斗作风。在危急时，宁死不辱，最后遂跳崖捐躯殉国，更表示了他们至死不屈的伟大的民族气节。对于光荣殉国的马宝玉、胡德林、胡福才三烈士，以及跳崖负伤的葛振林、宋学义二同志，我军区全体指战员均应表示崇高敬意，并应向之学习。

为了纪念牺牲的马宝玉等烈士，我们要：

一、在每次战斗中，高度发扬英勇顽强的搏斗精神，以战斗的胜利纪念他们。

二、在烈士牺牲的地点建纪念碑，并命名为狼牙山三烈士碑。

三、决定马宝玉等烈士作为一团模范连七连的荣誉战士，每逢纪念日点名时，首先应由荣誉战士点起。

四、对光荣负伤的葛振林、宋学义二同志，除通令嘉奖外，并各赠荣誉奖章一枚。

晋察冀军区　司　令　员　聂荣臻
　　　　　　兼政治委员

政　治　部　主　任　舒　同
　　　　　　副主任　朱良才

（摘自《抗敌三日刊》第十八期）

这是一份由晋察冀军区政治部，于1941年10月18日，向全军区下发的《训令》。

在当时艰难的环境下，这份《训令》无疑会起到一种激励人心的作用。《训令》下发之际，狼牙山五壮士的英雄事迹迅速传遍一分区，传遍整个晋察冀抗日根据地。

当时在整个华北抗日敌后战场，在抗战最为艰难的相持阶段，狼牙山五壮士的英雄事迹并非个案。他们身前身后，还有众多因陷入绝境，最后悲壮跳崖的英雄。这些怀有信仰的壮士，用不屈的意志，共同谱写了一首民族的悲壮史诗。

1940年夏。蓟县（今天津蓟州区）盘山莲花峰。七名八路军战士陷入敌人重围，无奈之下，纵身跳崖，仅有战士马占东一人生还。

1942年12月。河北省涞水县曹霸冈村鸡蛋坨。五位八路军战士血战不降，退至一处绝地，弹药已尽，追兵又至，副排长李连山做出跳崖的决定。但他未及跳下，即中弹身亡。其余四名战士遵从其遗志，从二十余丈高的悬崖上纵身跳下，全部壮烈牺牲，无一人留下姓名。

1943年春。距狼牙山不到一百公里的北京房山区十渡镇老帽山。被鬼子一路疯狂追到悬崖边上的六名八路军战士，王文兴、刘荣奎、宋聚奎、邢贯满等（其余二人姓名未知）纵身跳崖，全部牺牲。十八岁的小战士王文兴有恐高症，战友帮他用一块儿白毛巾蒙住眼睛。此情此景，被藏在对面山洞里的乡民目睹。翌日，军民在崖下找到他们的遗体，白毛巾依然蒙在战士的眼睛上。

1944年3月。内蒙古宁城县山头乡李营子前山。在敌人的三面围攻之下，五十余位八路军战士突围时全体跳下悬崖。九人牺牲，其中只三人留下了姓名。

回到旅馆，我和少年几乎整夜无眠。我们说起第一次世界大战修订的《日内瓦公约》——这份所谓人道抗衡恐怖的最后一道砝码，在日本人那里，只不过是一张废纸。战争面前，日本法西斯已丧失了最基本的人性，当时他们对待南京的战俘和百姓，已是恶贯满盈，臭名昭著。所以血战不降的人们，宁肯去死，也不愿遭受日寇的凌辱与折磨。

壮 士 还 乡

　　"腰卡"是特制的。材料应该是牛皮，竖起来巴掌宽窄，粗糙的皮质表面，缝缀着细密的针脚。这副腰卡，常年系在宋学义的腰部，有时睡觉也不会摘下来。步入中年的宋学义，因此常会陷入这样一种错觉：他的戎马生涯并未结束，他依然是一名肩扛长枪的战士。扛枪的念头，是一把锄头带给他的另外一种错觉；可即便肩上有那么一把锄头，很多农活儿他也是干不成了。而那个类似子弹袋的"腰卡"里面，装的并非子弹，而是一排排坚硬的钢钉。

　　疼痛锐利，竟然比记忆还要清晰。特别是变幻无常的天气，常会使宋学义疼得仿佛连身上仅存的一点儿力气也被抽走了似的。宋学义能清晰地感知到：自从腰部受伤后，他的个头儿好像矮了几分。他早已摒弃了那个"力大无穷"的念想。他的余生，除了对付腰椎带给他的疼痛，还会被一种莫名的无力感终日折磨。

　　最初的那副"腰卡"后来就不能用了。病残的宋学义后半生更换过无数副"腰卡"。有了"腰卡"的支撑他的日常生活才能勉力自理。他肩不能扛手不能提，不能久坐，不能做任何弯腰的事情。即便去县里开会，也不能骑自行车，只能依靠步行。若会议时间较长，他要时不时地站起来，就像一个随时要站起来准备发言的人。

后来他身上的那些"腰卡"，一副比一副精致，一副比一副牢靠，仿佛他身体上衍生的另一个器官，此生再不可分离。但那种肩扛长枪的感觉，却再不能找回来了。或许老了？宋学义病逝之时，仅有五十三岁；又或许他终于知道，"腰卡"只是一种辅助工具，同他的战斗生涯毫无关联……他一直后悔的是：为何没把部队专门给他定制的那副"腰卡"保存下来呢？

若天气晴好，宋学义常会坐在自家院子里的石磨上，手中抚弄着一块儿材质极为普通的荣誉勋章，那是他保存下来的、唯一能印证他英雄身份的一个证明。对战友的怀念，以及对当年战斗激情的追忆，常常会令宋学义热泪盈眶。

当年他伤愈归队，仍有豪迈的战斗激情。本想同葛振林一道，在结束抗大二分校的学习深造之后，重返连队，再次投入杀敌的战场。但让他牵肠挂肚的一分区一团，此时已奉命调往延安，在那炮火连天的岁月里，不但主力部队流动性很大，就连"抗大"这样一所学校，也没有一个固定地点。党组织考虑到宋学义负伤后腰部损伤严重，经常吐血，于

1943年初，特批他离校归队，安排他到比较熟悉的易县担任县大队长。

抗战前期，易县虽是较为巩固的根据地，但易县四邻却被敌伪的据点和公路封锁，抗战后期易县及周边的环境更是犬牙交错。每个村镇，既是后方也属前方，斗争形势异常严峻。为了取得抗战的最后胜利，易县各级党政军机关积极贯彻党中央"精兵简政"的方针，提出"党员军事化，干部能带兵"的口号，开始精简人员。伤残的身体，令宋学义常常感到力不从心，他甚至会陷入"怕给组织带来麻烦"的自责中。1944年春天，他以极为矛盾的心情，主动向组织提出申请，以一名转业军人的身份，来到他曾经战斗过的易县北管头村定居。

据当地村民回忆，宋学义刚来时，村里拨了几亩地、腾出三间房给他。这位年轻的农会主席，因身体残疾不能下地干活，土地只能交由别人代耕。打下来的粮食，除留下小部分自己食用，其余全部上交公粮。他每天所做的工作，除了和群众促膝谈心，宣传党的政策，还要搞支前、送军粮、组织妇女做军鞋。村公所妇救会的房子里，堆着一摞又一摞军鞋。而作为"支前"负责人之一的宋学义，却常穿着一双露了脚趾的烂鞋。妇救会主任劝他："老宋，咱们的军鞋任务早就完成了，你咋不弄一双军鞋穿穿？"宋学义"噫"了一声，操着河南口音说道："让俺穿军鞋？那可不是前几年了。那时候俺是八路军，该穿。现在俺是老百姓，咋能穿军鞋哩。"

北管头村村民见宋学义单身，缺少照应，便开始热情地为他张罗婚事。

1946年3月，抗战胜利后的第二年，二十七岁的宋学义，同本村一位名叫李桂荣的姑娘成婚。李桂荣当年十七岁，比宋学义小了十一岁，在媒人"大女婿知冷知热，小女婿棒棒见血；大女婿掖掖盖盖，小女婿扯扯拽拽"的哄劝下，由父母做主，三件"花道道"粗布衣裳作了陪嫁；从南管头集上买来一把木梳、一面镜子算作聘礼；用宋学义复员时带回的旧军用被褥铺了婚床，成全了一个简朴的家庭。

由此，河北省保定易县的北管头村，便成了宋学义的第二故乡。

日子过得虽清苦，妻子李桂荣却很知足。她在一篇回忆文章中这样写道："我们老宋知冷知热，日子过得还算和美。"

但好景不长，由于从抗日战争过渡到解放战争，根据地老解放区出现了很多新问题。大批县区老干部调走，去支援新区工作。土地改革初期，一度受极左思潮影响，有人片面理解"平分土地"的概念，忽视老区农民基本实现"耕者有其田"的现实，产生了排外思想。有人误解"搬掉石头，整顿队伍""贫下中农坐江山"的精神，一些动机不良分子乘势掌握领导权，加之几名参加过国民党部队的兵痞煽动，他们大造宋学义是"外来人""不能管本村事儿"的舆论，污蔑宋学义有"侵吞胜利果实"的行为，竟将宋学义列为"清算"对象，关进非法私设的"班房"。最后幸亏家人保护，更有觉悟高的群众站出来发声，宋学义这才得以释放。

英雄自古多磨难。受尽屈辱的英雄，显然成了被排挤的对象。宋学义感到前所未有的孤单，他更加怀念起自己的故乡——千里之外的怀庆府沁阳县（今河南省沁阳市，后同）北孔村。那里还有他的父母兄妹，这么多年过去了，他们可否安好？他确实该回去了，回去看看他的亲人。当他从报纸上看到家乡已经解放的消息，再也按捺不住回乡之情，对年轻的妻子说："桂荣，跟俺一道回河南老家吧？"

李桂荣虽有犹豫，但自从嫁给宋学义，她从未有过与宋学义分离的打算。

1947年农历六月十五，夫妻二人上路。所带行装虽简单，却是他们全部的家当。铺盖、蚊帐、挎包、水壶、裹腿，还有一把雨伞、一盏小马灯，都是宋学义从部队复员时带回来的。当年收下的麦子、一架纺花车、几斤棉花，悉数变卖。七凑八凑，凑够二十来万元边区币。随身携带由区政府开出的路条、党组织关系、残废证及政府发放的路费。

当时的保定、石家庄、新乡还未"解放"，主要交通线由国民党部队占据。宋学义夫妻二人，只能绕行河北、山西、河南交界的山区。正值炎炎盛夏，偶遇雷雨交加。除了脚力，便骑乘毛驴。李桂荣当时怀有五个月身孕，一路艰辛可想而知。每到一处，他们都先找当地交通站，凭借上一处政府签发的路条，由交通站一站一站交接转送。途经老解放区时还算顺利，但有些地区刚刚解放，正常的社会秩序尚未建立，故而麻烦不断。一次误入敌占区，退不能退，进不能进，他们只能趁夜赶路。宋学义夫妇用绳子捆了驴嘴，粗布包了驴蹄，一路提心吊胆，所幸天亮后安全进入解放区地界，一颗悬着的心这才放下来。

掐指一算，他们夫妻二人在路上走了整整四十多天。

这一日，抵近一个村庄。一问村名，宋学义显得异常兴奋，冲他的妻子说："桂荣，听到没有？这个村叫拦车村，孔子回辕处，当年我要饭来过这儿，村子里还有一块儿清代竖起的石碑。再往前走，就是常平村，离咱家不到百里，咱们两天后就能到家了。"

近乡情怯。离家越近，宋学义变得越发沉默。妻子懂得他的心情。果然，当面对家里两间屋墙颓圮的草房，亲人的消息也不期而至——父母早被饿死，哥哥死在了大同煤矿，大妹当了童养媳，小妹被卖到外地，就连婶母和堂弟也被日军的飞机炸死。

站在院子里半人高的蒿草丛中，宋学义不禁痛哭失声。哭了一阵，他挽住一旁泪流满面的妻子，安慰她道："桂荣，别哭了。现在是新社会，咱们很快就能重新把日子过起来。"

凭着在外多年的见识，凭着一个共产党人的觉悟与威望，宋学义很快成了北孔村的村支部书记。从此，宋学义便成了一个彻彻底底的农民。远近村庄，包括北孔村人，没有任何人知道他辉煌的过往。只知这个腰有残疾的人，在外当兵打仗多年，如今负伤回家，也算无奈之举。再看他家徒四壁的生活境况，想来在外面混得并不如意……四年时间，三个孩子先后降生。困扰宋学义的，仍旧是饥饿，仍旧是那宿命般的饥饿。此时的宋学义，却已深知造成吃不饱饭的原因所在——穷乡僻壤的北孔村，除了十年九涝，便是干旱少雨。本就不多的土地全都变成了盐碱地，就连村子里的井水，也有一股咸涩的苦味儿。他每天背着粪筐，踏遍北孔村的沟沟坎坎，除有了挖渠引水的长远设想，还想出一个解决缺少土地的办法——那便是在村子周围的土岭上，开荒种地，多打粮食。但常年靠天吃饭的乡亲，不相信贫瘠的土岭也能长出粮食。宋学义便身体力行，将孩子丢在家中，和妻子一道，在山上搭起简易窝棚，每天开荒，砌石围堰。

那一年村里闹粮荒，所有人待在家里忍饥挨饿。更有人想重走老路，出外逃荒要饭，被宋学义劝止。有人说宋学义大冬天还能上岭开荒，显然他能吃得饱饭，不然哪来的力气？又有人说早就听说县里要下拨粮食，肯定是被宋学义利用职务之便，多吃多占了。一帮人纠集起来，来到宋学义家中，准备探个究竟。

天空落雪。北风洞开残破的屋门。只见家徒四壁的老屋内，两个年幼的孩子拥着一床破被，正在炕上啃半生不熟的洋芋。大一点儿的孩子，脸上涂了柴灰，正在灶下生火。他告诉人们，家里半个月前就断粮了，每天吃的，除了洋芋还是洋芋。他的爹娘，每天天不亮上山，天黑后才回家，更是没空照管他们。因一时疏忽，家里的灶火被他看灭，弟妹们饿得等不及，吃半生不熟的洋芋，吃坏了肚子……有些人仍旧不信，翻遍犄角旮旯，也找不出一粒粮食，便再次纠集起来上岭查看。远远看见一缕烟气，在雪雾里弥散。刚刚开掘出来一块儿荒地上，已降下一层薄雪。宋学义的妻子一边平整荒地，一边跪伏着，将碎石捡进一只破旧的粪筐。宋学义腰不能弯，勉力将那只粪筐拎到沟畔旁，堆积起来，当作加固田地的渠埂。

人们呆呆地站着，看着这肩头落雪的夫妻俩。有人朝柴火堆里看去，见旁边的一块儿石头上，丢着一块儿还未吃完的洋芋。有乡亲不禁发出一声感叹："学义呀！你说，解放了，现在是咱穷苦人的天下，可咱们北孔村，咋还在苦水里泡着？你说的以后那些'甜'日子，到底在哪儿啊？到底有没有指望？"

透过迷离雪雾，宋学义看着他衣衫褴褛的乡亲，不禁泪湿眼眶。抖一抖肩头的落雪说："好日子就在眼前。粮荒不可怕，县里已发下通知，春节前救济粮肯定能分到村里。现在国家有困难，咱也不能光指靠国家。如果大家肯听我的，利用农闲多开荒，明年春上播下种子，秋后肯定能打出粮食。现在没有兵荒马乱，我们只要肯出力，还愁过不上好日子？"

第二年秋天，终年被饥饿困扰的北孔村，第一次粮食实现了粮食自产自足。

贫瘠乡野屏蔽了英雄的消息。但从北至南迁徙的候鸟，却肯定什么都会知道。它们从万米高空俯瞰，洞察这新兴国家的每一点儿变化；这里的每一条河流，每一片土地，每一座山峦，无不焕发出崭新生机。千里之遥的北京，全国战斗英雄、军烈属代表大会召开在即，宋学义的名字赫然在列。但会议组织者多方打听，始终找不到他的下落。

英雄失踪，牵动无数人挂念。中共华北局根据中央指示，立即召开专门会议，就寻找壮士宋学义做出详细部署。文件下发到"平原省"（当时河南与山东所属辖区），又转发到沁阳县，要求英雄籍贯所属地的沁阳县委，根据中央提供的线索，在最短时间内找到壮士宋学义。

宋学义坐在秋日的阳光下，感受着丰收带来的喜悦。当两位县里来的同志推着自行车，站在他家的院门外，问他是不是宋学义时，他只是怔怔地看着，懵懂的表情，仿若梦中。

来人将北京请他去开会的消息大声告诉他时，他只是淡淡地笑了笑，脸上挂着难以掩饰的疲倦。他在繁忙的季节里似已耗尽全部的体力，外面世界传来的任何消息，对他来说都显得有些陌生。

乡野间雾气弥漫。送行的人聚集在村口。一辆老牛车，是专门送宋学义上路用的。很多人仿佛在做梦，他们搞不清村支书宋学义怎么就由县长亲自来请他，并且要去遥远的北京开会。他们想对宋学义说，到了北京，你就别再操心村里的事儿啦，好好在北京逛逛吧。

宋学义从家里出来。一身褪色的军衣，好像回乡后从未见他穿过；戴在头上的一顶旧军帽，瞬间使他脱胎换骨，再不是那个弓腰曲背的农民，而是一位英姿飒爽的军人。最为惹眼的，是坠在胸前的一枚枚勋章，金灿灿的像被初升的朝阳擦亮。他们呆呆地看着他，不善言辞的乡亲们只一劲儿地嘱咐他路上小心，乘车坐船可一定要把腰护好。

乡亲们执意相送，宋学义只好随了牛车步行。倒是村里那些孩子们，在牛车上爬上爬下。送出很远后，在宋学义的一再催促下，乡亲们这才止步。

宋学义冲大家挥手道："快回去吧，把俺安排下的农活做好，等开完会，俺很快就回来了。"

1951 年 5 月的某一天，地里刚刚播下种子，河北省委派人专程来到北孔村，要将宋学义一家接到当时的河北省会保定，算是回乡省亲。妻子李桂荣见家乡有人来接，不禁回乡心切。当时正值农闲，宋学义也慨然应允。

省民政厅的厅长接见了宋学义。握手之际，宋学义忽然发现他眼光湿润，顺着他的目光看去，见身边自己的三个孩子，大的八岁，中间的五岁，小的还在妻子怀里。个个面黄肌瘦，穿着补丁摞补丁的衣服。宋学义再往自己和妻子身上瞧，虽是穿了平日不舍得穿的衣服，却也衣衫褴褛，不免觉得尴尬。贫困仿佛也有属性，待在老家北孔村，即便穿戴再邋遢也不觉得惹眼；可在这光鲜亮丽的保定城，一下便显出他们的寒酸。

厅长见过宋学义一家，又喊来一位姓王的年轻同志，吩咐接下来由他全程陪同，带一家人四处转转。他对宋学义说："老宋同志，你有啥想法和要求，尽管提出来……如果愿意，你就别回河南了，留在保定。这里也算你的第二故乡，又是你曾经战斗过的地方。留下来，对你的工作和生活都有好处。"

那段日子，无疑是宋学义离开狼牙山后，渡过的一段极为快乐的时光。他见识了此前从未见识过的世界，并与无数故人重聚。当年他的那些首长和战友们，大多转业到了地方工作，担任着大大小小的领导职务。听说宋学义仍在家乡务农，纷纷劝他留在保定。宋学义笑而不答。过了半个月，宋学义便实在待不下去了，他同妻子商量，准备去北管头村探亲，不再麻烦那位姓王的同志。

王同志也算一个有心之人，听了宋学义离开的打算，好心劝他："老英雄，你应该是个明白人，难道领导安排我带你到工厂和机关参观，你不明白领导的一番苦心吗？"

宋学义一愣："我是不是给组织添了麻烦？领导有啥苦心？"

王同志哭笑不得："我们领导是知道你在河南日子过得苦，他想把你们一家都留在河北，给你和你爱人安排一份合适的工作。孩子们往后也都大了，该上学了。保定的学习环境，肯定要比你们北孔村好得多。像你这样的大英雄，即便国家白养着，也不为过。那天领导看到你一家人的情况，背地里都掉眼泪了，这才特意派我来做你的工作我带你参观了那么多工厂、机关单位，你有没有中意的？你想到哪个单位去工作，尽管开口，领导都能安排。"

宋学义沉默半晌，叹口气道："小王同志，你知不知道俺们北孔村，为啥被人称作'百苦村'？"

王同志摇头。

宋学义说："是因为我们村子里的乡亲，尝过世上的百样苦。我回老家以后，曾答应过他们，一定要让他们尝到世上唯一的一样'甜'，那便是以后能吃得饱饭，以后不饿肚子。可来了保定，我们一家人每天吃香喝辣，这才知道，这世上不仅有百样苦，还有百样甜。你说我不回去，在保定吃香喝辣，咋对得起俺的那些乡亲们？"

王同志颇感无奈："老英雄，你们村的贫困面貌，自然会有当地政府帮助解决。现在农村面临的困难，短时间内是改变不了的，也不是你一个人能完成的事儿。你是否留下，也不是你一个人的事儿，还是嫂子和孩子们的事儿，你也该多为他们考虑考虑吧？我劝你，好好和家人商量商量，再决定是走是留。"

实际上宋学义并没有同他的家人商量。

第二天，王同志过来听他回话，他倒反客为主，真心安慰着对方："小王同志，你和领导的心意我都领了。我思来想去，还是决定回河南。我不能一个人留在这里享清福哇。我文化水平低，认识的字数都数得过来，不可能留在机关当干部。况且我身上有伤，也干不了工厂的工作。我实在不忍心丢下村里的乡亲。我丢下他们不管，先人会骂我的。我得回去带他们从苦水里熬出来，也过上和你们保定一样的好日子。"

回到北管头村省亲的宋学义，心里始终藏有一个心结。这天晚上，他对妻子说："桂荣，明天我要上狼牙山看看，你愿意陪我去吗？"

所谓"望山跑死马"，北管头村虽在狼牙山下，路途却并不算近。考虑到宋学义有腰伤，妻子桂荣欣然应允。夫妻二人备好干粮，买好香烛纸钱，第二天起大早上路了。

途经几个村子绕过几道沟岭后，山势变得崎岖陡峭。宋学义却仿佛一下子变得身轻如燕越走越快，将妻子远远甩在身后。经过大门山，攀上小横岭，在欢喜台小憩片刻，宋学义忽而沉默忽而滔滔不绝，对妻子讲述着曾经的战斗经历。来到一个荆棘丛生的岔路口，宋学义开始在乱石间翻找。拨开攀爬在石壁上的藤蔓，钻入半人高的杂草，终于从一堵岩石剥落的石壁上，找到一枚用白石灰画出的箭头，他忽然仰天长啸，旋即消失在若隐若现的崎岖山路上。

当年烈士纪念塔刚落成时，宋学义曾来过这里。也听闻这里在1943年9月被日军炮火摧毁的消息。中午时分的棋盘坨峰顶，在英雄的眼中尽显荒凉。塔基尚在。垒砌的石块丢得到处都是，早已在风雨侵蚀下回归岩石的本质。乱石间杂草丛生，响着山风的呼啸。宋学义面"塔"而立，脑子里却再想不起那"塔"当初朴拙雄浑的样子，忽地放声大哭，将随后赶上来的妻子吓了一跳。

一个男人的哭声在群山间显得如此微小。他哭着，任妻子怎么劝也止不住，忽地又魔魔怔怔的，在乱石荒草间翻找起来。他的寻找伴以声声哽咽，让山风都哑了悲鸣。找来找去，最终在妻子的帮助下，将刻有字迹的石块拼凑在一块儿，也只能勉强拼出"三""烈""塔"三字。摆上祭品，燃了纸钱，宋学义匍匐跪地，不禁又一阵号啕大哭，边哭边诉。

"班长、德林、福才，我代葛振林，来看你们了。你们知道吗？我和老葛活得好好儿的。我们活着，也算有愧，但我们活着，是在替你们看这新的中国……"

回到北孔村的宋学义，生活再次回归了平静。

他更像一棵树，或一株庄稼，根须深扎泥土，围绕村庄岁月荣枯。他日渐衰老，从未提起过自己的声名。周边村庄的人，包括北孔村那些新生的孩子们，都不知道他辉煌的过往。只知他是一个腰有残疾的人，他每天的习惯，便是背一个粪筐，在村子周围的田地间走来走去。当那部风靡全国的电影《狼牙山五壮士》以露天的形式，在这个贫瘠乡野上映时，他的小儿子甚至问过他："爹，那个电影里，咋有一位英雄和你同名呀，也叫宋学义。"

英雄故作惊讶，戏谑地回答他的孩子："是吗？肯定是重名呗。这天底下，和你爹重名的人多了去了，你可千万不要说出去，不然被人笑话。"

在农村，每家每户所使用的物件，比如粮袋、农具、水桶，甚至一顶草帽，都有写下户主名字的习惯，以免丢失，或与他人混淆。宋学义家里的所有物件，却只会标记一个"宋"字。他不想让"宋学义"这个名字，在别人眼中过多地出现。

北孔村多"宋"姓，他们为一个普通姓氏感到骄傲的同时，却又无不为那隐掉的"学""义"二字，感到由衷的敬仰和钦佩。

英雄身后事，不羡功与名

2005 年 3 月 21 日深夜，八十八岁的老英雄葛振林陷入了弥留之际。

往日的平和与安详，都从他的脸上水波一样消失，取而代之的是年轻时倔强而刚毅的表情。死亡的降临，恰似追随他半生的一个梦境。梦的内容大致相同：他瘦削的身体成了一段浮物，在虚空里倏尔下坠，倏尔攀升。有时，梦境又会将他带到少年贩煤时曾经滑落的山谷；有时，又会将他带回到硝烟弥漫的狼牙山上。醒来后的每一个早晨，面对新升的太阳，葛振林都会露出会心的微笑。他的嘴里轻声念叨着什么，仿佛倾吐着一个不为外人知的秘密；仿佛，他又完成了一个非同寻常的任务。

到了耄耋之年，活着，显然成了葛振林需要完成的一项重要任务。

1986 年之前，还没步入古稀之年的葛振林，并不觉得"活着"是一件多么值得庆幸的事儿。每当别人有意无意同他说起那段曾经的过往，语气里带出的潜台词，多半会说他"福大命大"。经历了惊心动魄的"跳崖"，经历了解放战争、抗美援朝战争，身体竟会像一块儿经过锻打的钢铁，只留下六处触目惊心的伤疤——却依然铁骨铮铮，百病不侵。你说命大不命大？对"大难不死，必有后福"这句老话，葛振林常会觉得厌烦。有时，他便会为自己身体的硬朗而感到莫名的羞愧。他不愿别人提及他的身份，提及跳崖，提及他那些牺牲的战友……那样会令他感到一种压力，也会令他感到羞愧。他的一句口头禅是："老提这些有意思吗？换作是你，你说你跳不跳？我在战争年代的那些付出，和那些参加过红军的老同志比起来，简直九牛一毛。我们大院就住着一位红军老同志，枪林弹雨闯过来，九死一生，在他面前，老提那点儿事儿，你让我脸红不脸红？"

葛振林当年伤愈归队后，又先后投入到解放战争和抗美援朝战争中，参加过十七次战斗，并立功受奖，1955 年被授予少校军衔，获中华人民共和国三级解放勋章。和平时期，他听从组织安排，先后担任湖南省军区警卫团后勤处副主任、湖南省公安大队副大队长、湖南省军区警卫营营长、衡南县兵役局副局长、衡阳市人武部副部长、衡阳军分区后勤部副部长。1966 年春，他向衡阳军分区提交了一份修养申请，上级考虑到他身体的原因，准予离岗退养，享受正师级待遇。

那一年，葛振林四十九岁。

从 1966 年到 1986 年，葛振林过起了一种近乎隐居的生活。直至他病逝，除了担任衡阳市十几所学校的课外辅导员外，任何公开场合几乎看不到他的身影。三百余场次使命般的演讲报告，他婉拒任何招待，不抽烟，不吃请，不要任何报酬。报告中他从未提及过狼牙山上发生的那一幕，他讲得最多的，除了自己亲历的战事，便是发生在战友们身上的战斗故事。他讲得妙趣横生，颇具教育意义。最后总是老生常谈般感叹："孩子们，你们要珍惜现在这么好的生活条件。要好好学习，祖国的江山得之不易。"

那些生活在和平年代里的孩子们，有时会混淆了他的身份，只会记住他所讲的那些战争故事，而忘记那是他的亲身经历。即便他的儿子们，也是在看了电影，学了课文之后，才知道那个喊着口号跳下悬崖的壮士是他们的父亲。

而他们英雄的父亲，却又哪里有半点儿英雄的样子？

他在家里不苟言笑，对儿子们要求甚严，甚至苛刻。即便对待家里的亲戚，也已到了不近人情的地步。在老家，葛振林兄妹四人，全部是清苦的农民身份。他们曾托葛振林，求他向曲阳县相关领导打声招呼，给儿女们安排一个吃商品粮的工作，被葛振林一口回绝："现在有饭吃，有衣穿，比咱们小时候饿肚子不知强多少倍，要我去找组织照顾，我开不了这个口。"

葛振林生有四子。大儿子当时在部队当基建工程兵，曾写信希望父亲出面帮忙调动工作，信写了一封又一封，始终未收到他的回信。二儿子在衡阳铁路电视台当维修工，酷暑寒冬，要爬电线杆作业。因了解父亲的脾气秉性，从未对他开过口。三儿子师专毕业后，被下放衡阳县石塘公社知青点劳动，三年后落实政策返城，被分配到衡阳市建湘柴油机厂当磨工。因工作辛苦单调，1984年他未办理任何手续，便从单位离职，从此成了一个没有工作的人。小儿子当兵转业回到衡阳，求父亲帮忙安排一个好点儿的单位。他本以为只是区区小事，可父亲的一席话，却让他断了念想："你想安排好点儿的工作，那得凭自己的工作能力！"结果，小儿子被分配到一家工厂工作，没过几年，就下岗失业了。

葛振林一生节俭，清廉自律。他只穿旧军装，戴旧军帽。喜欢戴军帽，是因为他跳崖时头部负伤，留下了很深的一道疤痕。一为遮丑，二为挡风。他做过一件西装，却从未上过身，一直挂在家中的衣橱里。他晚年患病，每天都要到干休所打针输液。干休所有规定，正师级干部可享受每月免费用车一百八十公里的待遇。葛振林考虑到干休所用车紧张，每次都会让保姆用轮椅推他前往。两公里的路程，还要爬一个大坡，保姆累得气喘吁吁，他便坐在轮椅上，勉力帮忙转动轮椅……在衡阳一六九医院住院期间，天气寒冷，护士怕他感冒，开了空调，葛振林总会随手关掉。护士趁他睡着，再次将空调打开。从此，葛振林醒来后的第一件事，便是伸出颤抖的手，对着空调试探，若有热风，他便会将空调关闭。冬日里天黑得早，护士每次进来，都会随手开灯。护士一走，葛振林便会马上关灯。他似乎更愿意待在光线幽暗的环境里，在病痛虚弱中陷入对往事的回忆。他的节俭并非刻意，而是生活中养成的一个良好习惯。

外人眼中，他永远是一个随和、热心、爱开玩笑的老头。生活在黄茶岭街上的人们，每天早上，都会看到一个身穿旧军装、头戴黄军帽的退伍军人，迈着大步，去警备区拿报纸。多少年的风尘岁月，他从一个步履矫健的中年人，慢慢变成一个风烛残年的老人。

每遇熟人，包括街边摆摊的鞋匠、菜贩，老头儿都会停步，亲切地同人打招呼。唠起家常的样子更像一个老顽童。好友曾给他取过一个"葛两毛"的绰号，只因他每次买菜，若余三毛两毛，他总会说句："不要了。"摆手便走。那样的年月，三毛两毛也是钱呀。对待自己，他实在是抠门；生活中，他却乐意接济穷人。捐款更是成了他家庭生活的一项重要开支，每次听到全国各地有什么地方遭了灾，他便主动第一个站出来捐款。

所有认识葛振林的人，大多会晓得他最大的嗜好是下象棋。水平虽不高，瘾头儿却极大。棋艺如他的性格一样，开局"老三步"：当头炮、跳马、拱卒，一生未改。常见他蹲在街边，和人下象棋下得昏天黑地。赢了棋，孩童般高兴；输了棋，还会小家子气地同人争得面红耳赤。有时跟他熟悉的老朋友下棋，他更是会狡赖，一眨眼工夫，一颗卒子咋就没了？原来被老葛吞进袖子里。他因下棋闹得最大的一个笑话是 1981 年 7 月，他参加完广州部队组织的一次活动的回程中，列车临时停靠河南新乡站。车厢内酷热难当，葛振林下车透风，见站台旁有一处阴凉里有两个人正在那里下象棋。他走过去观战，忍不住又支上几招儿。不想这一支招儿，竟会令棋势大变，处于劣势的人最后获胜。那个输棋的人也不恼他，只是摆弄着棋子，冲葛振林眯眼坏笑。等葛振林回头，才发现他乘坐的列车已经启动，他急得连连跳脚。那个输棋的人说："老哥，你着急也没用了，火车不可能停下来等你。不如咱俩杀一盘如何？"

电影中那个喜欢下象棋的战士葛振林，常常令令老朋友产生错觉。有次下棋，老友没头没脑地问他："老葛，你说你从年轻时候就喜欢下象棋，下了一辈子，咋棋下得总这么臭？"

葛振林回他："我下象棋是退养以后才开始喜欢的，哪里就一辈子了？"

老友说："你不是从当兵打仗的时候就开始喜欢下棋吗？你在电影里趁着打仗的空儿，还要和别人来上一盘。"

葛振林摆弄着棋子，闷头看着处于下风的棋路，不屑地说："那是电影！你说那能是我吗？脑袋拴在裤腰带上，还有心思下象棋？那个时候，连饭都吃不饱，又哪来的象棋？"

老友想了想，终于明白，那不过是电影，是属于艺术的加工。再看对面头发花白的葛振林，因被棋局困扰，一脸焦虑，便觉得自己认识的这位老英雄，还真就不是别人心里所想的那位老英雄。

他确实不像英雄，更像一个满身烟火气的凡人。

没有人会知道，他半夜从梦中醒来，心里经受的那种莫名的苦痛，那种惆怅又莫名的滋味——或许只有他的老伴知道。而有时，在某个特定的节日，谈笑风生的葛振林，便会无缘无故沉默下来，离开电视机前的沙发，或是其乐融融的饭桌，一个人躲进一个清静的角落。没有人知道，他的心里到底在想些什么，包括他的家人，也不会知道。

直到1971年，他亲爱的战友宋学义去世，洒落几滴眼泪之后，他忽然像个孩子似的对老伴说："兄弟们都走了，世上只剩下我一个了……"

老伴这才明白，葛振林以前的那些反常举动，原来是在想念他的战友。便以半开玩笑的口吻对他说："你还像个大英雄吗？大英雄就该拿得起放得下。如果你真想他们，就该好好活着，替他们好好活着，他们看看这大好的河山，替他们好好看看这越来越好的生活。"

1986年，葛振林应邀回了一趟狼牙山，参加"狼牙山五勇士纪念塔"的落成仪式。他从狼牙山回来，家人发现，他的性情变了，变得没了一点儿脾气，变得更像一个慈眉善目的老人。他对老伴说："我终于知道，我的身体咋这么健朗了。活在这世上，根本就不是我一个人的事儿。你说当年我跟班长他们一块儿跳下去，跳下去的方向虽然不一样，可咋就我和宋学义坠落的地方崖上偏偏伸出一棵树。宋学义摔坏了腰，你看他前些年来衡阳看我，走路都要扶着墙，活着也遭了不少罪，我却啥事儿没有，只脑瓜门儿受点儿伤。班长跳下去之前看着我们，我知道，他的心里，是不愿意我们死啊！我去狼牙山，夜里忽然就梦到了他，还是像跳崖前那样看着我，冲着我笑。而后又很严肃地拍拍我的肩膀，好像有重要的任务要交代……"

冥冥中，葛振林终于弄清自己活着的真正原因了。

为此，他深感责任重大。衰老的身体里，仿佛隐伏着四位战友的灵魂。按老话讲，他得了他们的庇佑，所以才会安然度过解放战争、抗美援朝战争，并且要一直顽强地活下去……他觉得自己身上那些类似于军功章般的疮疤，并不属于他一个人。左肋被弹片洞穿的疤痕，是属于班长的；腹部被刺刀穿刺的疤痕，是属于他的兄弟宋学义的；右臂和左腿的弹痕，是属于胡德林和胡福才的；而左右肩胛两处的伤疤，才属于他自己。这样的分配，并非葛振林心血来潮，因为冥冥中有一个声音告诉他：你本就是一个有着钢铁般意志的战士，让你的肩膀受伤，是提醒你肩负重任——你要替我们活下去。活下去的目的，显然有一桩更为重要的任务等他来完成。

那又是一桩怎样的任务呢？

为此他活得更为超脱。

超脱得完全不像一个曾经的军人，而像一个活在村庄里的，和万物一同荣枯的老人。

1994年7月9日，某报在头版位置，打出耸人标题：《五人重于泰山，一人轻于鸿毛——当年狼牙山有六人》。该文如此写道："当时'五壮士'所在的六班不是五个人，而是六个人。其中小商贩出身的副班长吴希顺在敌伪劝降下投降，被气急败坏的日军用刺刀当场挑死。"

这篇毫无历史根据编造的文章，并非出自任何人之口，而是源自一部叫《五大勇士》的话剧。该剧借鉴苏联话剧用叛徒烘托英雄的表现手法，加工出一个名叫吴希顺的叛徒。报纸刊登的这篇文章，为博人眼球，将经过文学加工的话剧当作真实的历史事件来刊载，竟至谬误流传。一时间，河北、浙江、广东、广西等地的媒体也纷纷转载。

家人唯恐葛振林生气，故意瞒着他。直到当年第一位采访幸存壮士，担任过一分区政治部宣传干事的钱丹辉打来电话，葛振林这才知晓了此事。

葛振林儿子至今回忆起来，仍能想起父亲当年的震怒。他像一头苍老的雄狮，瞬间恢复了年轻时的体态。喘息方罢，转身朝门外走去。他儿子唯恐他出事儿，一路紧随。只见他的父亲，甚至连帽子都忘了戴，弃了拐杖，照旧步履生风。他走进衡阳警备区大院，身形犹如一位冲锋陷阵的老兵，站在会议室里，没有来由地对着警备区领导发出命令："迅速让新兵集合，我要给他们讲点儿事情！"他更像一位号兵，在整肃安静的军营里吹响捍卫的号角。警备区领导有些不明所以，搀扶他坐下。他这才恢复了平静，语气低沉地说道："让新兵在礼堂集合。今天，我想专门给他们讲一讲我们当年跳崖的那段经历。"

许多年过去，那是葛振林第一次在公众面前，讲述他曾经辉煌的过往——不，那不是属于他一个人的辉煌。他讲到激动处，虽泪湿眼眶却尽量用平静的语气掩饰自己的情绪："当年跳崖的事儿，如果是我一个人的行为，无论别人怎么说，随他们去说也就罢了。但这不是我一个人的事儿，是我们六班集体的事儿，是为新中国流血牺牲的所有英雄的事儿。现在只有我一个人活在这世上，我不出来澄清，怎么对得起我的那些牺牲的战友！"

葛振林坐在台下的儿子，不禁热泪盈眶。他终于明白父亲平时为何不愿提起那段往事了。他终于明白，那是父亲不想自己一个人，独享那属于大家的荣誉和评价。在葛振林的敦厚性情中，那种享受无异于一种苟且。

在葛振林以及相关同志的不懈捍卫下，刊登和转载那篇文章的报纸，很快公开进行自我批评。

一波未平一波又起。时间仅过去一年，又一则关于狼牙山五壮士的负面新闻见诸报端。这篇名为《壮歌重唱狼牙山》的文章认为两名幸存者之所以大难不死，是因为他们并非跳崖，而是顺着崖壁出溜下去的。

此时的葛振林，已没有了愤怒。他终于明白，原来冥冥中战友们交代给他的任务，除了活着——像一份"证明"一样活在世上，还要他为他们来打一场捍卫名誉的战争。他实在想不明白，如今生活在和平年代的人们，处在消费时代的人们，为何要编造如此众多的噱头，来消费他们这些为共和国流血牺牲的老兵？

葛振林坐不住了。他去找自己部队的领导，向他们诉说心中的困惑和压抑。又时常会感到委屈，他找到电影《狼牙山五壮士》中马宝玉的扮演者——时任广东军区文化部副部长的李长华。这么多年下来，他虽不愿提及那段往事。但每每想念战友时，便一人躲在家里，一遍遍看那部黑白的、画质粗糙的电影。生动的影像，已给老年的葛振林造成这样一种错觉：他的那些战友仍活着，只不过以另外一种方式，活生生跃动在黑白胶片里。甚而他们恍如隔世的面容，已被电影中的形象完全取代。他所面对的李长华，已被他认定为自己的班长马宝玉。他紧握他的手，口中称他为"班长"，止不住老泪纵横。

"班长啊！他们咋能这么做啊！他们可以抹黑我一人，却不能抹黑咱们六班。""班长啊，你给咱评评理，我的那些战友们都去了，如今只剩下我一个人，我替他们多活了这六十年，活得很累。可到末了，却要为他们打这样一场仗。""班长，我一个人，有点儿扛不住了，我怕当了逃兵，你帮帮我吧！"

正义不会迟到，捍卫更是一种缅怀。随后《解放军报》等各大媒体纷纷发声，对荒谬言论予以驳斥和谴责，最终让葛振林得到一丝安慰。

英雄终究老迈。他已身心俱疲。他要结束这漫漫人生的旅途，去和他的战友会合。弥留之际，葛振林苍老而瘦削的脸上，并未现出逝者应有的安详与平静，而是如他年轻时那样，眉头微皱，展露出他性格中的刚毅和倔强。

长子葛长生紧握父亲的手，伏在他的耳边低语："爸，你就安心上路吧！有什么放心不下，以后还有我呢！"

2005年3月21日23时10分，老英雄葛振林病逝。享年八十八岁。骨灰安葬于衡阳市烈士陵园。

英雄在世，更像一种震慑。抹黑狼牙山五壮士的声音一度沉寂。葛振林去世后不久，海外华文媒体却"不失时机"，推送出一篇题为《被吹得天花乱坠的狼牙山五壮士的真相》的帖文。此篇帖文中，备受后世敬仰的五壮士，被演绎成五个鱼肉乡里的逃兵，村民向日军告密来剿，并将五人骗上狼牙山绝路。对此有众多网友跟帖，进行客观评述：这般的说法，新则新矣，却实在是没有半点儿史料依据可寻，是造谣确定无疑。随后，微博兴起，抹黑狼牙山五壮士的言论甚嚣尘上。2013年9月19日，北京某杂志在网上公开发表《小学课文"狼牙山五壮士"多有不实之处》的文章，很快被一些新媒体转载，影响迅速扩大。同年11月8日，该杂志刊出《"狼牙山五壮士"的细节分析》一文，以言论自由的名义，对英雄群体进行"污蔑性"的质疑。

英雄陨落。再不能发声捍卫，英雄的后人却不会沉默。

2015 年 8 月 15 日，狼牙山五壮士中葛振林之子葛长生、宋学义之子宋福保，一纸诉状，将刊发《"狼牙山五壮士"的细节分析》一文的杂志与撰写者告上法庭。

2016 年 6 月 27 日，北京市西城区人民法院对侵害狼牙山五壮士名誉权、荣誉权案做出一审判决。判决如下：被告立即停止侵害葛振林、宋学义名誉、荣誉行为；判决生效后三日内，被告在媒体上刊登公告赔礼道歉。

2018 年 4 月 27 日，《中华人民共和国英雄烈士保护法》经十三届全国人民代表大会第二次会议全票通过，于 2018 年 5 月 1 日起正式施行。

九泉之下的英雄，当可瞑目。

守 墓 人

几天下来，我带少年寻访、踏遍易县境内同狼牙山五壮士相关的景区和遗址。借由在旅馆住宿的夜晚，通过搜集、采访得来的资料，又同他一道重温了葛振林、宋学义两位幸存的壮士余生始终未曾更改的赤诚之心。无疑，这会给少年带来更多思考。

他无意中问我："这些天，想好怎么修改你的那部书稿了吗？"

我这才想到，由于旅途劳顿，始终没有认真想过那部需要修改的书稿。却又相信，等回去后，静下心来，总能想出一个绝佳的修改方案。我冲他不好意思地笑笑，问他："这一路下来，你又有什么收获？"

他望着我，沉吟了一下，不失庄重地说："英雄自有来处。他们都是极其普通的人。他们从来没想过要成为一名英雄，却能在民族危难的时候，勇敢站出来，捍卫自己和民族的尊严……以前我崇拜的那些超级英雄，都不是真实的英雄，那只是人们对英雄的一种向往和愿望罢了。"

"你可曾想过成为一名英雄吗？"我有意问他。

少年摇头，毫不迟疑地答道："我觉得做好自己，为社会贡献属于自己的一份力量，就算一名英雄，一名平凡的英雄。"

少年的回答，令人深感欣慰。他在观念上对"英雄"的改变和认知，算是此次旅行的最大收获，也是我完成的书稿中最为成功的一步。

我们此行的最后一站，是去易县北娄山烈士陵园凭吊。

苍松翠柏环抱的娄山烈士陵园，位于狼牙山东侧。西面不远，便是当年晋察冀军区一分区司令部的驻地北娄山村。

这处占地八千四百平方米的陵园内，除了马宝玉、胡福才、胡德林三位烈士的遗骨安葬在此外，还长眠着其他千余名烈士。其中的一处墓地，显得有些特殊。生前，他曾是这里的守墓人，死后，便被直接安葬在这里——他便是当年在狼牙山战斗中身负重伤的七连长刘福山。

当年，老连长刘福山活得有些暗哑。

因伤势太重，狼牙山战斗结束后，他便被迫离开部队。他是山东人，因身体重度残疾，故乡显然是回不去了。落脚在狼牙山下的北娄村，对他来说是一种宿命。

数年间，村里人很难理解这位右眼失明、走路一瘸一拐的复员军人。他沉默寡言，不擅与人交际。除了默然枯坐，更多的时候则会见他在附近的村落间兜转游走。或是清晨，或是傍晚，都可见他佝偻的身影，停驻在无数个寂寂无闻、无人打理的荒坟之间。默立，弯腰，拔除坟头上萋萋的荒草。

没有人知晓老连长刘福山心里的愧疚。没有人知道，他偶尔醉酒后，仰天的长叹以及失声的痛哭；也自是无人知道，他内心里到底淤积着怎样的心结。

直到1957年5月，当年的一团团长，时已授勋为少将军衔的邱蔚将军，利用休假之际，重返故地，来看望离别十六年的狼牙山区的乡亲、老战友、老房东，以及老部下。他不住县城，而是径奔北娄山而来。他想要面见的第一个人，便是刘福山。

不难想象，当邱蔚出现在刘福山家中，老连长脸上那错愕的表情。他紧紧握住邱蔚的手，好半天说不出话来。

将军回乡的消息，迅速传遍四乡八村。乡亲们提着花生、红枣、鸡蛋，像当年慰问队伍那样赶了过来，很多农民身份的老红军、老八路也闻讯赶来……喧闹的刘家小院顿时沸腾。人们却忽略了小院的主人刘福山，他只像过节那样，脸上挂着由衷的喜色，招呼前来探望的人们，而后默默地坐在喧闹的人群背后，听人们说着话。只待人群散去，就像若干年前，在老君堂交代任务那样，两位曾经的上下级、如今的战友，独自面对。邱蔚知道他活得不易，关切地问："刘福山，你有什么要求，尽管提出来。"

刘福山没有像过往那样，"腾"地一下起身，或是俏皮或是憨厚地回应首长的话，而是半伏腰身，险些跪地。

"团长，我有愧呀！当年我没有完成你交给我的任务。"

邱蔚看着刘福山，愣怔半晌，忽地明白了他话中的意思，笑着安慰道："狼牙山一战过去这么多年，你们在大家心目中，都是英雄！"

刘福山忽而掩面，泪水长流。

"如果没负伤，阻击敌人的任务就该由我来完成。如果没负伤，我咋会忍心把他们五个，独自留在山上……他们五个，还只是二十来岁的孩子呀！"

一席话，惹得待在屋外听二人说话的家人也不禁泪流满面。

这才知道，平日里心事郁结的刘福山，原来心里始终藏有一份愧疚。他抱愧自己因为负伤，将五位战士独自留在山上。而自己却拖着伤残的身体，在世间苟活。

邱蔚离去之前，那些同他一道从长征走过来的幸存者，那些身负重伤的老八路，谁也没有提及自己生活中的困难。他们只是以一个曾经的军人、如今已是普通农民的身份，在刘福山的提议下，联名写了一封信，交给邱蔚，表达他们心中的两个心愿：

其一：全国已经解放。当年修建的纪念塔，早被日军炸毁。他们希望上级拨款，重修烈士纪念塔。

其二：抗战时期，一分区在狼牙山地区牺牲的烈士有一千五百多名，散埋在狼牙山脚下的各个村落，无人管理，无人守护，近乎成了荒坟野冢。很多人的坟前，甚而连一点儿标记都没有。这样既不便管理，也不便悼念祭奠。希望建造一个陵园，将烈士的遗骨集中掩埋，也算对烈士的一个安慰，对后人的一种提醒。

1958年春，经过各方努力，不到一个月的时间，一处长一百四十米、宽八十五米的陵园初步建成。墓地周边，留有两米阔余的甬道，外围由狼牙山上移植过来的幼柏相绕。刘福山带领大家，在四乡八村游走，他的步态虽然踉跄，却不再显得犹豫。只因这沉默而怆然的数年间，他已知悉那无人打理的孤坟里，掩埋着他的哪一位战友，哪一位一块儿参军的同乡……令他感到沉痛的是，因为年代久远，战争时期部队流动性很大，很多当地人虽然知道某个坟茔里埋的是八路军烈士，但他们的姓名、籍贯、所在部队番号，却无处查实。

无数烈士的遗骨，装殓在一个个白色布袋里，再装入由县里拨付木材，统一制做的长一米、宽高各半米的微型棺木中。下葬这天，棺木摆满空地。众乡亲自发赶来参加祭奠，按照当地习俗，烧了冥币，燃了香烛。由刘福山扶助，偕同当地一位领导，一同将马宝玉、胡德林、胡福才三人的遗骨缓缓安放墓中。这位当年的老连长，再也忍不住，在乡邻面前痛哭失声。他手扶棺木，道出埋藏在心内多年的郁结："战友们，安息吧！今天你们又重新聚在一起了。我来守护你们，每年为你们烧纸、填土、敬酒。我死了，也要和你们埋在一块儿！"

自此，这简陋的烈士陵园里，便多了一位忠诚的守墓人。

每天，你总能看到他的身影，守护并整理着墓园。他的性情在村里人看来，似乎更显古怪。每有不懂事的孩子在陵园内喧闹，都会遭到他的呵斥；每有谁家的牛羊误入这安静肃穆的陵园，便会遭到他不依不饶的追责。因而背后有人称他为"刘瘸子""刘瞎子"。这称呼虽不乏贬义，却可见老连长执拗的性情……不单单他一个人忠诚地守护着这简陋的陵园，他的家人也常常跟随着他，为小树浇水、剪枝，为坟茔除草、填土。如今幼柏已长成参天大树，长出如盖浓荫。这小小的陵园，每当清明时节，每当特殊的纪念日，便会迎来千人瞻仰。

刘福山几十年如一日，践行他的诺言，始终如一地守护着他的战友们。

1979年8月，年近八十岁的刘福山走完平凡的一生。病危之际，他仍不忘叮嘱家人：继续帮他守护埋葬战友遗骨的陵园，实在没有能力，就交给村子管理。但他的骨灰，必须要埋在事先留好的烈士坟里，埋在他的战友身边，他要继续为他的战友奉献一份忠诚的守护。

老连长走后，守护陵园的任务，落在他的儿子刘宏江身上。直到第二代守墓人刘宏江于1996年逝世，两代人，共同守护三十八载，成就一段传世佳话。

英雄谢幕。英勇和忠义，却终将在易县这块土地上永存，供后世瞻仰、传承。

　　我和少年站在这肃穆的陵园里，完成对壮士的最后凭吊。
随即结束了这一趟旅程。